後宮の薬師(くすし)(二)

平安なぞとき診療日記

小田菜摘

PHP
文芸文庫

○本表紙デザイン＋ロゴ＝川上成夫

目次

大内裏見取図

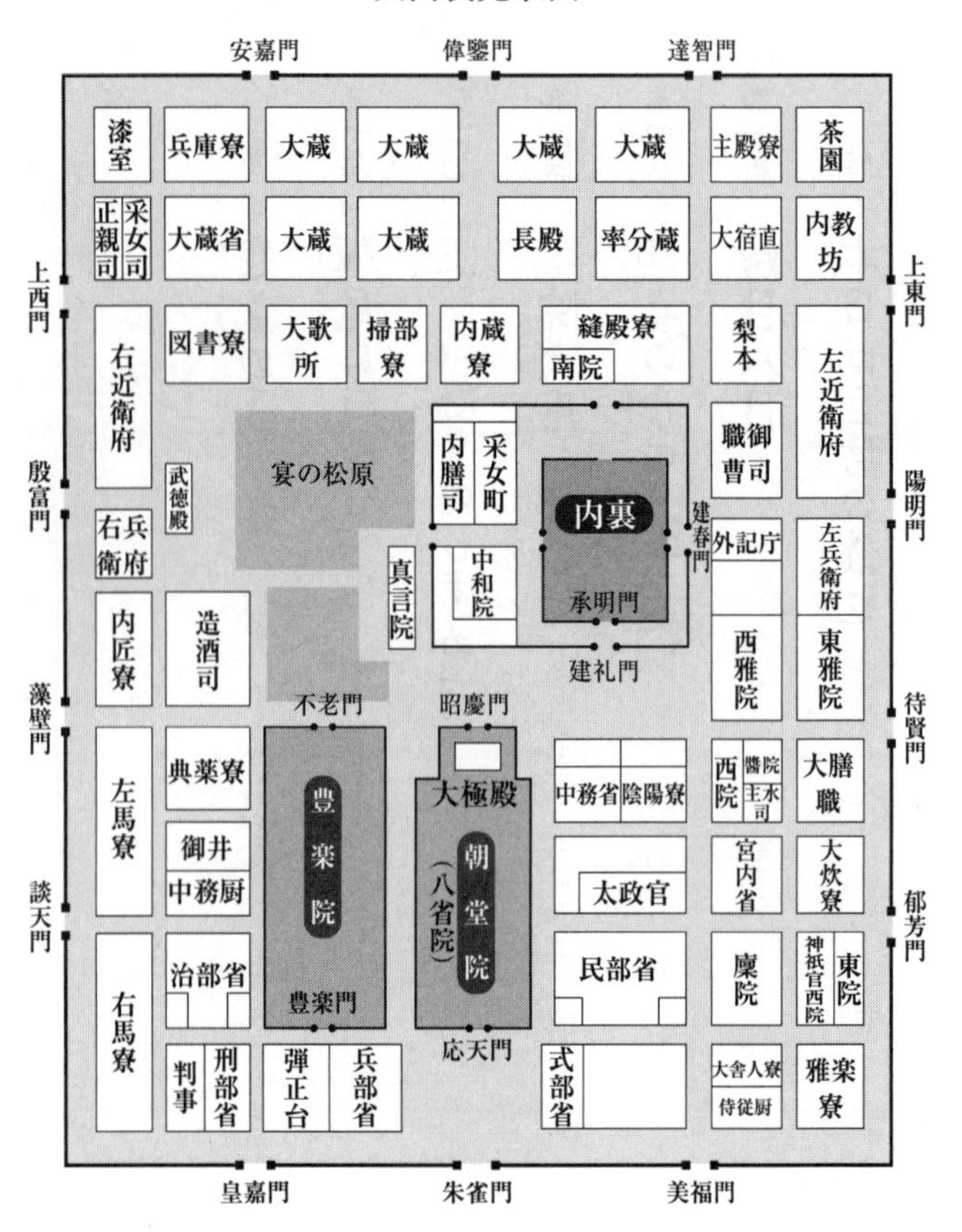

参考：『ビジュアルワイド　平安大事典』（倉田実編、朝日新聞出版）ほか

内裏見取図

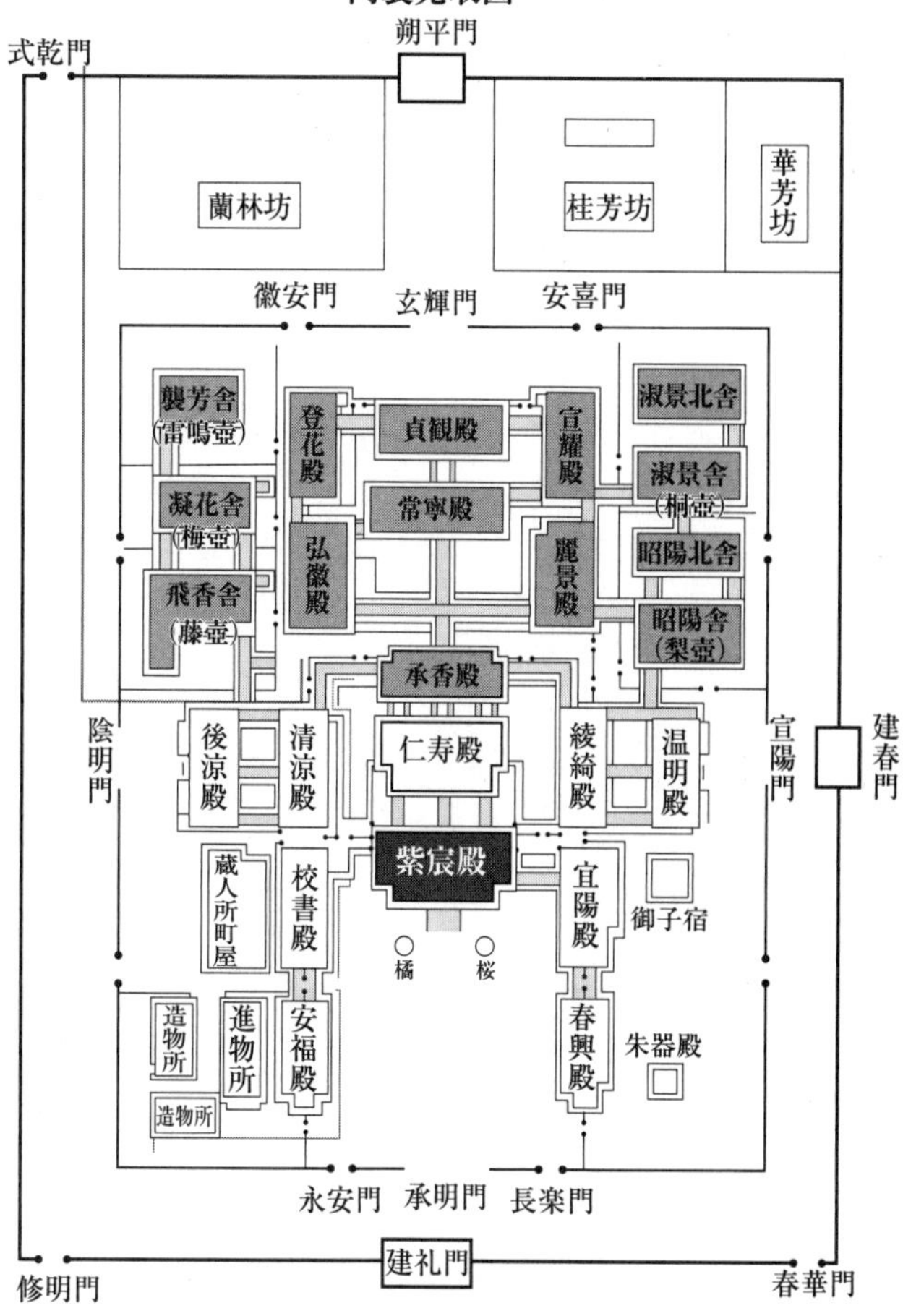

朔平門
式乾門
蘭林坊
桂芳坊
華芳坊
徽安門
玄輝門
安喜門
襲芳舎
(雷鳴壺)
登花殿
貞観殿
宣耀殿
淑景北舎
凝花舎
(梅壺)
常寧殿
淑景舎
(桐壺)
弘徽殿
麗景殿
昭陽北舎
飛香舎
(藤壺)
昭陽舎
(梨壺)
承香殿
陰明門
後涼殿
清涼殿
仁寿殿
綾綺殿
温明殿
宣陽門
建春門
蔵人所町屋
校書殿
紫宸殿
宜陽殿
御子宿
橘
桜
造物所
進物所
安福殿
春興殿
朱器殿
造物所
永安門
承明門
長楽門
建礼門
修明門
春華門
後宮

後宮の薬師(くすし)(二)

——平安なぞとき診療日記

序

怨霊の蠢く都

平安京とは怨霊から逃れるために造られた都である。

安瑞蓮がその話を聞いたのは、都に来てひと月程が過ぎた、弥生中旬のある日のことだった。

内裏の内郭の四方には、承明門、宣陽門、玄輝門、陰明門の主要な門があり、それぞれの両脇には二つの旁門が備わっている。その周りを築地の外郭がぐるりと囲んでおり、こちらにも内郭程の数ではないが複数の門が設えられていた。

その日、桐壺の北舎での仕事を終えた瑞蓮は、いつものように北の旁門をへて外郭を抜けた。

ふわりと吹き下りてきた風に、何気なく空を見上げる。東風というにはやや北寄りから吹くその方角を見れば、幾重もの青い山々が連なっていた。

「叡山ですよ」

ぼんやりと眺めているところに、とつぜん声をかけられてどきりとする。振り返るとそこには、縹色の官服を着けた痩身の青年が立っていた。

「安倍天文生!?」

瑞蓮は彼の名を呼んだ。青年は陰陽寮の学生で、名は晴明という。

天文生なのに占いばかりして上役から注意されているという、ひょうひょうとし風変わりな若者だった。ひょんなことから知り合いとなり、宮中で起きた様々な事件では彼の助言が解決の糸口となった。

「叡山？」

「比叡山のことです。ご存じありませんか？　伝教大師（最澄）がお開きになった寺がございます」

名だけは聞いたことはあるが、詳しくは知らない。

弘法大師（空海）の真言宗と双璧ともされる天台宗だが、都を中心として活動する寺社勢力の事情など、博多の唐坊（中国人街）で生まれ育った瑞蓮が知るはずもない。ただ滞在がひと月にも及ぶので、おのずと耳にしたことがあるというだけのことだった。

瑞蓮は改めて、北東の方角に広がる山並みを眺めた。春霞の淡い色の空の下、山の緑はすこしぼんやりとして見える。

ふたたび吹いてきた風が、こめかみのあたりにほつれていた彼女の明るい色の髪をふわりとなびかせた。外郭沿いの通りには、御所や大内裏の官衙に属する様々な職種の者が行き交っていたが、もはや瑞蓮の異相に驚く者はいなかった。上京してひと月も経てばこんなものである。

天竺の彫刻のような、彫りの深い顔立ち。高い位置でひとつに束ねた髪は、花穂をつける前の薄のような赤味のある淡い色。琅玕（美しい玉）を連想させる深く濃い翠色の双眸。身の丈はすらりと高く、手足もすんなりと伸びている。

身にまとう衣装は近頃ようやく手に入れた麻地の合服で、交領（襟合わせが交差したもの）、膝丈の上衣に足首までの褌（ズボン）という胡服風の仕立てである。服装も含めてこんな見た目の者は、鴻臚館も廃れて外国人の出入りがほとんどない都では皆無といってよい。

「比叡山（延暦寺）は、都の鬼門を守ってくださるありがたいお寺なのですよ」

そう言って晴明は、山の方向にむかってそっと手をあわせた。確かに都から見れば比叡山は鬼門――北東である。

なんとなく気まずくて、瑞蓮は晴明の横顔から目を逸らした。

鬼が出入りするとされる『鬼門』という考えは、実は邦国独自のもので唐土ではあまり広まっていない。とうぜん唐坊も同じことだ。

もちろんこの国の文化に基づいて生まれた考えだから、賢しらに自分の知見を主張するつもりはない。ただ畏怖に対する温度差に少々戸惑ってしまうことは否めなかった。

そんな決まりの悪さを覚えているところに、合掌を解きながら晴明が言ったのだ。

「平安京は、怨霊から逃れるために造られた都ですからね」

物騒な一言に、瑞蓮はぎょっとして晴明を見る。その反応に、なぜか晴明は得意気な顔をした。

「……どういうことですか？」

「そのままですよ。長岡京（平安京の前の都）で起きた相次ぐ不幸に、怨霊を畏れた桓武帝が遷都した先が、ここ平安京です」

晴明は断言したが、不幸や禍がなんの疑いもなく怨霊に直結する理屈が瑞蓮には理解しがたい。しかし戦で追われたわけでもないのに遷都まで行ったのだから、当時の混乱は相当なものだったのだろう。

「ならば遷都後は、落ちついたのですか？」

「どうでしょうね。桓武帝ご自身は、晩年まで怨霊に悩まされたと伝わっておりますが」

要するに遷都は、あまり効果がなかったということではないか？　などと突っこみたかったが、百五十年も前のことを指摘されても晴明も答えようがなかろう。

瑞蓮の思惑を悟ったのか、晴明はまるで言い訳でもするかのように言った。

「ですから怨霊を鎮めるために、毎年のように御霊会も行われているのですよ」

「御霊会？」

「はい」

なんでも晴明の説明によれば、都から北上した場所に、六所御霊と呼ばれる六つの怨霊を鎮めるための社が建立されているのだという。

それがどの程度功を奏したのかは分からない。しかしそれ以降の遷都は行われていないのだから、さすがに桓武帝も観念したものと思われる。

なにしろ遷都には莫大な費用がかかるのだ。加えて平安京になってからも、菅公（菅原道真）を筆頭に順調に新しい怨霊を生みだしているから、そのたびに遷都などしていたらキリがない。

とつぜん晴明が、まるで悪戯でも語るようなひそめた口調で言った。

「主上も御本心では、遷都を望んでおられるやもしれませぬ」

瑞蓮は仰天した。御所の真横で、これはとんでもないことを言う。その度胸には半ば感心もする。

「……ひょっとして、菅公？」

「そうです」

晴明は大きくうなずいた。

今上が怨霊に慄いていることは、瑞蓮のような門外の人間にすら周知のことだった。父と兄、そして甥までも菅公の怨霊で亡くした（と思っている）のだから、それもやむをえない。

まして世間には知られていないが、朱宮のこともある。四歳になっても手足が立たぬわが子に、今上が怨霊の影響を疑うことは仕方がない。であれば、こんな場所から一刻も早く逃げ出したいと望んでいても不思議ではなかった。

さりとて遷都などあまりにも前時代的だし、人的負担と費用面を考えてもやはり現実的ではない。

「まあ、無理でしょうね」

「だから私は、社を造ったらどうかと思うのですよ」

妙案を思いついたとばかりに胸を張る晴明に、瑞蓮はうろんな目をむける。

「社って、菅公のための？」

「そうです。御霊を慰撫するための社です。これなら遷都よりずいぶんと安上がりです」

安上がりですむという発想自体が、怨霊の怒りにふれやしないか？　とは思ったが、そもそも怨霊の存在を信じていない瑞蓮が言うことではない。

適当に相槌をうって話を合わせていると、どう勘違いをしたのかやけに意気揚々として晴明は言ったのだった。

「それで主上の不安が少しでも和らぐのであれば、建ててよいと思うのですよ」

「まあ、それは……」

安価とは言わぬが、遷都に比べればいくらか気軽に働きかけることができる。それで朱宮の病が改善するとは露程も思わぬが、わが子の病も含め、帝があらゆる未来に心を痛めており、社の建立で少しでもそれが慰撫されるというのなら意味はあるにちがいない。

もちろん晴明も瑞蓮もそんなことを奏上する立場にはない。そもそも顔を拝したことすらない程の雲上の人だ。

（それにしても）

瑞蓮は目の前の青年を一瞥する。

話したこともない帝の気持ちをあれこれ慮り、頼みもしないのに瑞蓮にかんする占いをして、その結果をわざわざ伝えに来たりと、実はこの青年はとんでもないお人よしなのではなかろうか。上機嫌で鬼門の方角を眺める晴明に、瑞蓮はそんなことを思った。

天慶七年（九四四）弥生某日。
筑前の女医・安瑞蓮は、内裏に居た。

第一話

驥尾に付す

「施薬院？」

樹雨から聞いた覚えのある名称を、瑞蓮は胡散臭げに反芻した。

数多の官衙が建ち並ぶ大内裏の中を、宮城門（大内裏の築地塀にある門）にむかって二人で歩いていたさなかのことだった。

平安京の中央北に位置する大内裏は、ぐるりと巡らした築地塀に囲まれた南北十町（約一・四キロ）、東西八町（約一・二キロ）の巨大な一郭である。築地塀には複数の宮城門が設置され、中には諸官衙の他、朝堂院や豊楽院のような重要な施設が建設されている。帝がお住まいになる内裏は、中央より少し北東寄りに二重の築地に囲まれて存在していた。

「はい、施薬院です」

つれない瑞蓮の反応にも、二十歳の新米医官・和気樹雨はめげることもなく目をきらきらさせて答える。

「施薬院には、鍼灸の俊髦（名人）がいらっしゃるとかねてよりの評判なのです」

「……俊髦ねえ」

瑞蓮は首を捻った。どうにも乗り気になれぬのは、内心で信憑性を疑っていたからだ。そんな優秀な医官がなにゆえ上つ方々の治療にあたる典薬寮ではなく、市井において特に貧しい者達を治療の対象とする施薬院に在籍しているのか甚だ疑問である。

　天平・南都の時代、光明皇后の『貧民を救済したい』という思し召しにより建設された公的なその施設だが、昨今では皇后の実家である藤原家の介入が著しく、同家縁の者が優先されて保護されるようになっているという現状を、瑞蓮はまだ知らなかった。ちなみに施薬院と書いて〝やくいん〟と呼ぶのは昔からの慣習だが、その理由は定かではない。

「ですから訪ねてみましょう。その方なら朱宮様によき療法を施してくださるやもしれません」

　意気込む樹雨に、瑞蓮は「そうねえ……」などと返答を濁した。

　はっきりと言えないのは、遠慮をしたからだ。

　はたして世間から隠された難病の皇子のために、職掌外の施薬院の医官が動いてくれるものなのか。本来であれば責務を負うはずの典薬寮の医官達の、素気無い態度を思えば非常に怪しい。

　樹雨と知り合ってひと月と少し。端から相手の善意を疑わぬ気質に、時折瑞蓮は危なっかしさを覚えてしまう。

まったく、世間が功利で動く者で満ちていることなど、典薬寮の医官達を目にして知っているだろうに。施薬院まで足を延ばしても袖にされる可能性があるなど、この青年は考えていないのだろうか？

そこまで考えて、瑞蓮は立ち止まる。

確かに樹雨の純真さは危ういが、自分もたいがい猜疑心が強すぎるやもと危ぶんだ。四歳しかちがわないのに、なんだか老獪の域に達してしまった気がしてくる。相手がどんな人物であれ、いずれにしろ会ってみなければ話ははじまらない。

「分かったわ。行ってみましょう」

観念して瑞蓮が同意をすると、樹雨は顔を輝かせた。こうでも言わなければしばらく粘られていただろう。少年のように素直な四つ年下のこの青年が、実は案外に強情だというのは、いい加減に瑞蓮も悟っていた。

かかわったところでなんの利もない、しかもほぼ間違いなく全治が望めぬ宿痾を抱える朱宮の治療にここまで真摯に取り組むなど、官吏としてはどうかと思うが、人としては上等で、医師としては前途有望な青年ではないか。

瑞蓮の同行を取り付けたことで、宮城門にむかう樹雨の足取りはあきらかに軽くなっている。多少の懸念とわだかまりを抱きつつも、その姿に瑞蓮の胸は温かいもので満たされる。

西海道（いまの九州地方）・博多の唐坊で腕利きの女医として名を馳せていた瑞蓮が上京したのは、ひと月と少し前の如月のことだった。赴任してきたばかりの筑前守に、顔の出来物で悩む娘を診てほしいと懇願されたからだ。現在の滞在先にもなっているその邸で、北の方の遠縁だという樹雨と出会い、紆余曲折あっていまは禁中にも出入りする身の上となった。

切っ掛けは今上の皇子、四歳になる朱宮の床擦れと風瘙瘮（蕁麻疹）の治療のためだった。床擦れとは圧迫性の壊疽のことで、身動きの取れない病人等で特にるい痩が著しい者によく生じる。

朱宮は生まれつき身体の自由が利かず、歩くことはもちろん自分の力で起き上がることすらできない。その病状と召人という母親の身分の低さもあり、存在を世間に隠された皇子だった。

ゆえに典薬寮はもちろん、陰陽寮からも真言院からも見放されており、さりとて帝の御子であるからには、なにもせぬわけにもいかず、昨年課試に合格したばかりの新人医官・樹雨にその御鉢が回ってきたのである。

どうせ治りはしないのだから。よくしたところで出世にはつながらないから。

それらを理由にこの不憫な皇子を見放したところで、誰も樹雨を咎めはしなかっただろう。

しかしこの青年は、そんな打算的なことは微塵も考えなかった。

生まれつきの痿証（身体の筋肉が弛緩、弱化し、病の進行とともに萎縮してゆく病証）はどうにもならずとも、せめて床擦れと風癮疹を改善して少しでも苦痛を取り除ければと、瑞蓮に相談をしたのである。

瑞蓮は朱宮の治療にかかわり、風癮疹が実は朱宮の乳母君によって意図的に引き起こされていたという真相を突きとめた。蕎麦の摂取により全身に風癮疹を生じる朱宮の特異体質を乳母君は承知していながら、それを与えていたのだ。

介護の疲労に加え、乳を与えた者として、生母・桐壺御息所から理不尽な非難を受けたあげくに追い詰められての犯行という、なんともやるせない結末だった。

真相があきらかになったあと、乳母君は御所を下がった。それまでは彼女が主に担っていた朱宮の世話は、桐壺の女房達が分担して行っている。乳母君のように一人に負担がかかることがないように皆で注意を払っている。

朱宮も最初の頃こそ乳母君を恋しがって泣いていたが、子供特有の忘失の速さか数日もすると落ちついてきた。あるいは人より聡い子供ゆえに、乳母君の心に巣くう悪意を感じとっていたのかもしれなかった。

　少し前にも往診に上がった瑞蓮と樹雨に、屈託のない表情で鮮やかな彩色を施した独楽を自慢してみせた。手足の不自由な朱宮だが、独楽は彼が楽しめる数少ない遊具のひとつだった。

『母上がくださったのじゃ』

　無邪気に語った朱宮の姿は、単純に母親を慕う子供のそれであった。

　女房達から聞いた話では、近頃の桐壺御息所は憑き物が落ちたように静かになっているのだという。

　今上の同胞の弟・帥の宮の立坊が内定したときは、帝の唯一の子であるわが子をさしおいてなぜ、と興奮して手がつけられなかったが、いまではどうやら現実を受け容れているようだった。すなわち身体の不自由がなくとも、召人の自分が産んだ朱宮には、東宮位どころか親王宣下さえ難しいという現実を。

　乳母君が下がるにあたって、内侍司の筆頭である大典侍に根回しを頼んだことも功を奏したのかもしれない。大典侍はかつて内裏女房であった御息所の上司でもあったから、あの陽気な女人の言うことであれば御息所も受け容れられたのだろうと思った。

ともかく乳母君が退出した後のここ数日、混乱もなく朱宮の治療に専念できていることは幸いだった。

そんな中で樹雨が、痿証に有効な鍼治療の文献を見つけてきたのだった。典薬寮に保管した山程の医書の中から探し出すのは、結構な苦労だったことだろう。なにせ医書に精通している上の医官達は朱宮に興味はないので、尋ねたところで気のない返事が戻ってくるばかりだったから。

しかしようやく見つけたその方法はなかなかに高度な技術が必要で、新人医官の樹雨はもちろん、瑞蓮にも手に負えそうもないものだった。

文献の指示通りに、試行錯誤しながら施術してみるという手はもちろんある。間違った経穴（ツボ）を刺したからといって病状が悪化するわけでもない。しかし相手が子供なので、鍼を刺すという多少なりとも痛みが伴う行為をむやみに繰り返すことは難しい。朱宮は辛抱強い子だが、なんといっても四歳児だ。

思い悩んでいるところに、どこからか樹雨が施薬院に在籍する鍼の名医の話を聞きつけてきて、先ほどのやりとりにいたったのだ。

「あまり遅くなっては先方に失礼ですから」

「——安杏林。和気医官」

速歩の樹雨に促されて宮城門を出たところで、背後から呼び止められた。安杏林とは近頃の瑞蓮の呼び名だった。杏林は医師の雅称である。

聞き覚えのある声に振り返ると、案の定、晴明が走ってきていた。

瑞蓮達の前まで駆け寄ってきた晴明は、しばらく両手を膝の上につき、肩を上下させて息を整えていた。いったいどこから走ってきたのだろう。

「いかがなさいましたか？」

警戒がちに問うたのは樹雨だった。晴明が悪人でないことは知っていても、常識人の樹雨からすれば胡散臭いことは否めない。

「ああ、こんにちは」

なんとか息を整えた晴明は、ようやく話を切り出した。

「いずこに参られるのかは存じませぬが、本日の成果はあまり期待なさらぬほうがよろしいかと存じます」

いきなり出鼻を挫く忠告に、瑞蓮は閉口した。

もしかしたらお人よしやもしれぬこの青年が、頼みもしないのにちょいちょいと人の運勢を占うのは趣味の範疇だ。しかしその結果を本人に伝えるとなれば、瑞蓮のように呪術や占いを信じない者からすると困惑のほうが大きい。

しかし晴明の忠告で、幾人かの患者の快癒の糸口をつかんだことも事実だった。

内心で溜息をつきつつ、その感情を表に出さないように瑞蓮は尋ねた。

「では、日を改めたほうがよいということですか？」

隣にいた樹雨が不服気に頬を膨らませた。せっかく行くことに決まったというのに、よもやいまさら反故にするつもりかと反発するのはとうぜんだった。

いえいえ、というように晴明は右手を顔の前で振った。

「さようなことはございません。北西を避けていただければ、なにも問題はありませんよ」

「はい？」

「遊行神がいるからですよね」

訳の分からぬ顔をする瑞蓮に、樹雨が口を挟む。

遊行神というのは、方位神とも呼ばれる九柱の神々である。歳徳神のように福徳をつかさどる神もいるが、他の八神は全員が禍をなす凶神ばかりで、色々な方角に散らばっているとされる。禍にあわぬためには、その方角に行くことを避けねばならぬのである。

わが意を得た、とばかりに晴明はうなずいた。

「そうです」

「ならば心配は無用です。われわれはこれから九条に行く予定ですから」

施薬院は九条坊門小路と町尻小路が交差する場所にあるから、大内裏から見て南東に位置する。晴明が言う北西とは真逆である。

「ええ。ですから参られることはお止めしておりません」

拍子抜けする発言に一瞬鼻白む。

確かに、行くこと自体はけして止めてはいなかった。ただ、今日の成果は期待できないだろうと言われたのだ。それは彼の占いの結果なのだろうが、別に止めるつもりもないのなら、なぜわざわざそんなことを言いに来たのか。悪人でないことは間違いないが、変わり者すぎて意図が分からない。

「分かりました。あまり期待しないで行くことにいたします」

若干投げやりに返した瑞蓮に、樹雨がまたしても不服気な顔をする。

それはそうだろう。あからさまに、こちらの希望が打ち砕かれる可能性を示唆しているのだから。

今日の成果は期待できない。それは、件の医官に会えないのか。ないしは彼が噂程の腕ではないのか。もしくはとんでもない変人か、あるいは典薬寮の医官と同じで利のない仕事とはねのけられるのか。理由はいくつか考えられるけれど、今の段階では分からない。

ひとまず晴明に別れを告げてから、瑞蓮達は大路を南下しはじめた。

瑞蓮が晴明に言った言葉が引っ掛かっているのか、樹雨は彼には珍しくむっつりと黙ったままだった。さすがに瑞蓮も気まずさを覚え、機嫌を取るようなつもりで話しかける。

「ところで、その医官の名前は分かっているの？」

樹雨ははっとしたように顎をあげた。

「言っていませんでしたか？」

どうやら気を悪くしていたわけではなく、考え事をしていただけらしい。内心ほっとしたが、表情には出さずに平然と答える。

「うん、聞いていない」

「そうでしたね。私もお会いしたことはないのですが、博識という噂だけはかねてより聞いております」

典薬寮の医官にそこまで伝わっているのなら、相当の名医なのだろう。

ここまであまり乗り気ではなかった瑞蓮だが、同じ生業を持つ者として興味を惹かれ、樹雨が告げる名前に耳を傾ける。

「姓は丹波。名は存じませぬが、丹波医官とおっしゃる方です」

　大路を南下し、東市や東寺を横目に見ながら左折して小路に入ると、景色が少し変わってくる。大路沿いには身分の高い者しか邸を建てることができないから、逆に小路では多少見劣りする建物が目に付くようになるのだ。

　一戸主（約百四十坪・一町の三十二分の一）に建つ小家は、簡素な板葺きの住居ばかりである。道沿いには外記庁や種智院等の官衙もあるからみすぼらしい建物ばかりというわけではないが、通りを行く者の服装もだいぶん庶民的になってくる。

　幅四丈（約十二メートル）の小路には、緑衫や濃縹の位袍を着けた下級官吏に加え、男は水干や直垂姿、女も小袖に腰布を巻くという簡素な装いの者が目立つようになる。

　そんな景色の変化を楽しみながら、瑞蓮は横を歩く樹雨に尋ねた。

「施薬院はまだ先なの？」

「もう二町先です。もしかしたら施薬院ではなく、その先の御倉にいらっしゃるのかもしれませんが。そうなったらもう少し歩きます」

御倉がどこにあるのかは存ぜぬが、二町ならそう遠くもなかろう。

それらしき建物を探して漠然と前方を眺めていた瑞蓮は、むこうからやってくる一人の女人に目をとめた。

枲をかけまわして顔が見えないようにした市女笠をかぶり、袿をからげて裾をつぼめた『壺装束』と呼ばれる装いは、比較的身分のある女人のもので、この場では少々浮いているように見える。しかも彼女は瑞蓮達とすれ違う前に左に曲がり、路地の奥へと姿を消していったのだ。

（あの女、このあたりの小家に住んでいるのかしら？）

それにしては、目につく家々は貧相な印象だった。

歩を進めた瑞蓮は、女人が入っていった路地を見る。一戸主を細分化した中に数軒の小家が建ち並んでいたが、どれもあの女人が住まう家には見えなかった。

しかし持ち家がある者はそれだけで実は恵まれたうちで、たいていの庶民は棟割り長屋に住んでいる。

（あんなものなのかしらね？）

小家の住人の服装など意識したことがなかったが、分不相応に豪華な衣はいつの世も人の憧れだし、まして女人であればなおさらその思いは強い。だからこそ豪華な衣は過去に何度も禁止令が出ているのだ。

数軒の小家が並んだ路地の突き当たりには、長く巡らせた板塀が見えて行き止まりになっていた。そのむこうには、切妻の板葺き屋根がのぞいている。塀の長さから推察するに、周りの小家よりもずいぶんと広そうで、あるいは一戸主を占領しているようにも見えた。なるほど。あれなら先ほどの女人の家でも不釣り合いではないのかもしれない。

しかし家の格よりも瑞蓮が気になったのは、屋根の上を旋回する虫だった。けっこうな数の虫が弧を描くようにして飛びまわっている。

「蜂？」

瑞蓮の独り言に、樹雨は耳聡く反応する。そうして瑞蓮の視線を追いかけて路地をのぞきこみ、ああと相槌を打つ。

「ですかね？　春は特に蜜蜂が多いですからね」

「このあたりに、花畑でもあるの？」

「そこまで上等なものはありませんが、この季節は草花がよく咲きますから。一戸主の家なら庭も畑もありますからね」

花が多い季節に蜜蜂を見ることは必然だった。しかしここからでは黒っぽい点にしか見えず、虫の種類までは判別できない。蜂なのか虻なのか、あるいは蠅かもしれない。いずれにしろ春から夏にかけては虫がもっと増えてくる。

路地前から離れてさらに進むと、次の大路との辻に行き当たる。小家のものよりもしっかりした造りの板塀が、ぐるりとその一角を囲っていた。

「ここが施薬院ですよ」

指さしながら樹雨が言った。そうだろうなと思ってはいたが、施設自体は予想より大きなものだった。板塀は縦にも横にもひとつ先の小路まで続いているから、一町を占有していることになる。

入口を求めて東側に迂回すると、小路を挟んだ隣の敷地には、手入れが行き届いた立派な築地塀が延々と続いていた。左京に一町を占有する邸など、生半可な身分では建てられない。

「こちらは、どなたの御邸なの？」

瑞蓮の問いに樹雨ははじめて邸に目をむけた。意識は施薬院のほうにしかなかったと見える。

「ここですか？　確か大納言の御邸だったと思います」

樹雨の説明によると、この九条邸の主・大納言は、関白太政大臣の次男ということだった。ちなみに長男も大納言で、梨壺女御の父親である。

やはり公卿の邸であったかと納得して眺めていると、少し先にある西門から、騎馬の男と従僕らしい徒歩の男が揃って出てきた。

「戻りましょうよ。黙って帰ったりしたら、大姫様がお嘆きになりますよ」

従僕は説教とも懇願ともつかぬ真剣な口調で言うが、馬上の男はそれを軽くあしらう。

「だから、そこはうまいこと言っておいてくれよ。車は置いてゆくから、一剋（二時間）ぐらいはごまかせるよ」

「一剋ごまかせたからといって、どうなるっていうんですか。隠蔽工作をしたと、かえって印象を悪くされますよ。間男でもあるまいし、婿君なのですからもっと堂々と帰ってくださいよ」

従僕の言い分は、正論である。

事情は分からぬが、いくら気まずくとも妻に黙って帰るなどまるでコソ泥だ。はっきりと暇を告げたほうが、のちの禍はない。

問題を先送りにすることで逃れようとするのは無責任な人間の常套手段だが、

後始末を従僕に任せようとは、主人としても最低ではないか。状況からして大納言家の婿なのだろうが、いかに身分が高くとも責任感がない人間に成人としての評価はできない。

「なんだか大変そうですね」

樹雨がそっと囁いた。従僕は気の毒だが、主人のほうは自業自得である。というより、こんな男の妻である大姫とやらのほうに同情する。従僕は姫君が嘆くと訴えていたが、こんなコソ泥のような真似をする婿など、今度は門を閉ざして中に入れないようにしてやればよいのにと思った。

絵に描いたようなみっともないやりとりに、通りを行く者達が好奇の目をむけている。外見から衆目を集めることに慣れていた瑞蓮だったが、現状ではあきらかに彼らのほうが注目されている。

馬上の男はまだ若い、二十歳前後といった印象の青年だった。萌黄のかさねに竹丸の紋様を織り出した狩衣が、すんなりとした肢体によく似合っており、なかなかの男ぶりだ。大納言家の婿なのだからどう考えたって良家の子息だろうが、それにふさわしい風采だった。

「瑞蓮さん。あそこが入口です」

隣で樹雨が呼んだとき、まるで彼が呼びかけられたかのように、馬上の青年がこちらをむいた。

瑞蓮の姿を捉(とら)えた青年の眸(ひとみ)には、あきらかに驚愕(きょうがく)の色が浮かぶ。

まあ、しかたなかろう。

さほど気にもせず、瑞蓮は樹雨が指さしたほうに目をむけた。瞬(また)く間に青年の姿が視界から消えた。

簡易な屋根がついた門があり、その前には布衫(ふさん)姿の門番が立っていた。彼もまた瑞蓮の異相に驚いた顔をしたものの、隣の樹雨が官服を着ていることで安心したようだ。

門番によると、丹波医官は朝早く出勤して、まだ退勤はしていないということだった。

「おそらく詰所(つめしょ)にいると思います」

「詰所ですね。行ってみます」

門をくぐった先には、板葺きの建物が軒を連(つら)ねていた。唐戸(からと)と連子窓(れんじまど)が付いた木造で、大きさの差は多少あるが外装は同じに見えた。

そのうちのひとつから、みすぼらしい小袖を着た中年女が疲れきった足取りで出てきた。収容者なのか下働きの端女なのか微妙なところである。彼女から少し離れた場所で、野菜の入った笊を抱えた小柄な男が奥に消えていった。おそらくあちらに厨があるのだろう。

「えっと確か詰所は……」

樹雨はあたりを見回し、正門から右手に折れて進んだ。以前にも来たことがあるようだ。典薬寮と施薬院という、ともに医術を生業とする二つの官衙がどのような関係にあるのか瑞蓮はまったく知らなかった。

正面には二間幅程の小屋があったが、そこは迂回してさらに奥に進む。この建物は大きさや入口付近という場所からして衛舎であろう。

韮や芹、蓬等、種々の薬草が植えられた畑をいくつか通り過ぎると、その先にも小屋が建っていた。梁方向の幅は二間で衛舎と同じだったが、棟方向が少し長かった。唐戸を挟むように両脇に連子窓が設けられ、さらに右側に土壁があるので幅は四間であろう。

「ここが詰所？」

施薬院の敷地に入って、はじめて瑞蓮は口を開いた。

「だったと思います。私も学生のときに来たきりなので」

そうなると少なくとも今年は来ていないことになる。典薬寮の医官となった樹雨が施薬院に来る理由はないのだろうが。

むかって左側の唐戸の前に立ち、樹雨は「こんにちは」と声を張り上げた。

しばしの間のあと、戸のむこうから男の声が返ってきた。

「何方(どなた)か？」

「私は典薬寮の医官で、和気と申します。丹波医官はこちらにいらっしゃいますでしょうか？」

「典薬寮？」

訝(いぶか)し気なつぶやきのあと、ゆっくりと唐戸が押し開かれた。

奥から出てきたのは、丁子色(ちょうじいろ)の水干を着けた三十歳くらいの男性だった。中肉で並みよりも少しばかり背が高い。簡素な衣ながらも清潔な風采。華やぎはないが整った面立(おもだ)ちには、瑞蓮の存在もあってか若干の緊張の色が浮かんでいる。

物堅(ものがた)い印象を持つその男は、戸惑(とまど)いがちに名乗る。

「私が丹波だが……」

「はじめまして。私は典薬寮の医官で、和気樹雨と申します。こちらは博多から来られた女医で、安殿と申されます」

「博多？」

地名を口にしたあと、丹波医官はやけに納得した顔をした。博多津（津は港の意）が邦国を代表する、外国との交易の場だというのは周知のことだった。近辺に巨大な唐坊があることも、多少の学がある者なら知っているだろう。

「実は、丹波医官にお願いいたしたき儀がございまして」

「ま、とりあえず中に入られよ」

すでに意気込みかけている樹雨を落ちつかせるように言うと、丹波医官はくるりと踵を返して奥に戻っていった。

つづくように瑞蓮と樹雨も唐戸をくぐる。

香ではなく生薬の独特の匂いが立ちこめる屋内は、四つの連子窓から差し込む光で外から想像していたよりだいぶ明るかった。

唐戸の先は土間となっており、水瓶に挽き臼、筵、笊などが置いてある。むかって右半分は板敷の間となっていた。土壁に沿って小さな引き出しを備えた薬棚と、もうひとつ別に普通の棚が設えられており、乳鉢に天秤、薬研等の調剤のための道具が並んでいる。

反対側の土壁沿いには本棚があり、いくつかの書籍が重ね置かれていた。

連子窓の手前には文机があり、巻子本が広げられている。他に人はいないから、丹波医官が目を通していたのだろう。

その丹波医官と樹雨は板敷きに上がったが、瑞蓮は胡靴が脱ぎにくいことを理由に上がり框に腰を下ろした。すぐ真横に文机があったので、つい巻子本の内容に目がいってしまう。

（これって唐土の医学書よね）

それ自体は別に珍しくもない。和歌集等の一部のものを除けば、だいたいの学術書は唐物である。ゆえによほど下級の者でもないかぎり、たいていの官吏は漢文を読むことができる。

しかし文机には、巻子本の他に筆記用具まであった。ということは写本でもしていたのだろうか。遠慮よりも好奇心のほうが勝り、瑞蓮は自然と身を乗り出してしまっていた。

「その本には、なかなか難儀しておるのだ」

唐突な丹波医官の発言に、瑞蓮はびくりと身を揺らす。

咎めるような物言いではなかったが、結果としてのぞき見が見つかったのだから気まずくはある。

気を取り直しつつ、瑞蓮は同意した。

「そうですね。確かにこれは少々難解でした」

「なんと。そなたはもう読んでおられるのか？」

「はい。父が所有しておりましたので」

瑞蓮の父親は、長安（中国の旧都）で医業を営んでいた胡人である。同地の治安悪化により渡来し、いまは博多で医業を営んでいる。来日のさいに彼が持ちこんだ数多くの医書のほとんどに、瑞蓮は目を通していた。

丹波医官は感心したように頬を緩めた。

「そうか。私等はまだ途中までしか目を通せずにおる。内容は興味深きものであるが、異国のものゆえになかなか理解が進まぬ」

丹波医官は細く溜息をついた。

邦国の官吏にある程度の漢文の素養はあるとはいえ、医学書は専門性が高いうえに、唐土とは風土や慣習、食文化等があまりにもちがうため、文章を読み下すことはできても理解が追いつかないことが多々ある。

たとえば漢書では、脚の気（脚気）を患った場合は羊の肉を食べてはならないとされているが、そもそもこの国において羊肉を食べる者など皆無に等しい。それ以前に羊という動物自体をまず見ない。

　こんなふうに本質とは関係のないところで引っかかってしまい、なかなか先に進まないのだと、以前に樹雨から聞いたことがあった。

「我が国むけに必要な部分を抽出して、書き出してみようとしておるが、どうしてこれはなかなかの代物だ」

　なるほど、それで筆記用具があったのか。

「それは大変な作業ですね」

　樹雨が言った。

「ですが、そのような書籍があれば多くの医師が助かります」

「いつか献上できるように、そのつもりで頑張っているよ」

　冗談めかして語りながらも、丹波医官の目には強い光が宿っていた。博学な者は得てして、難解な学問にこそやりがいを覚えるものである。

　こうして話しているかぎり、丹波医官という人は幸いにして善人のようだ。

　互いの緊張が緩んできた頃、いよいよ樹雨が本題を切りだした。

「本日参りました理由ですが……」

　そういえば朱宮の存在は公にはされていないのだから、いったいどこまで話すつもりなのかと、瑞蓮はいまさら疑問に思った。

しかし施術に来てもらうのなら、どのみち隠し立てはできない。

案の定、樹雨は言葉を選びつつも正直に現状を伝えた。

御所の内情を暴露することになるが、瑞蓮は案じていなかった。この短い間のやりとりで、丹波医官の誠実な人柄が伝わってきたからだ。

「蛭子の皇子のことなら、話には聞いている」

曇った声で丹波医官は言った。生まれつき手足が不自由な朱宮が、陰でそう呼ばれていることは瑞蓮も知っていた。

「朱宮様のこと、ご存じでしたか……」

「典薬寮の医官に、同期の者がいるからな」

それきり丹波医官は口をつぐむ。同期の医官がどのように言っているのか、おおよその想像がついた。

しばしの沈黙のあと、丹波医官はふたたび口を開いた。

「私にも同じ年頃の子供がいる。なればこそ憐れだと感じるし、手を貸してやりたいのはやまやまだ。されど御所の方々の治療は典薬寮の役割だ。施薬院の医師である私がしゃしゃり出ることは、僭越の咎めを受けかねない」

正論を告げられて、今度は樹雨が黙りこんだ。

使命感や正義感だけでかかわるには、医療という職務は責任が重すぎる。場合によっては典薬寮の者達との対立を招きかねない。丹波医官の懸念は、医師としても官吏としてもまっとうなものだった。

だが朱宮に対する典薬寮の対応を考えれば、彼らにだけは文句を言われる筋合いはなかった。

「あの人達は、朱宮様を誰がどうしようとなにも言わないですよ」

捨て鉢に瑞蓮は言った。丹波医官を責めているのではない。彼の言い分には筋があり、施術を拒まれたからといって非難するなどお門違いである。そもそも医師への善意の強要は、瑞蓮が一番嫌う行為だった。

瑞蓮の非難は、典薬寮の医官達に対してのものだった。彼等は丹波医官とはちがって朱宮を診る義務がある。それを放棄しているのだから、非難されてもしかたがない。

しかしどう受け止めたものか、丹波医官はいっそう眉を曇らせた。

「そうやもしれぬが、相手が私となるとなおさら黙ってはおらぬだろう。それでなくとも典薬寮の者にはにらまれているからな」

にらまれているなどと、引っかかることをさらりと丹波医官は口にした。どういうことかと尋ねようとした瑞蓮だったが、その前に樹雨が口を開いた。

「確かに、丹波医官のおっしゃる通りです」

消沈しながらも気丈に述べた樹雨の姿に、瑞蓮は胸の痛みを覚える。

自身は善意の塊のような人格なのに、けして他人にそれを求めないところに樹雨の芯の強さがある。

けれどその気質が、彼自身の心を消耗させてはいないかと、近頃の瑞蓮は心配になりつつある。

先日辞めていった朱宮の乳母君は、養い君に対する情と責任感の強さからなにもかも一人で背負いこみ、結果として心を病んでしまった。

朱宮の病が完治の望めぬものであることを承知した上で、少しでも有効な治療をと模索している樹雨が、いずれ乳母君と同じ道をたどりはせぬかという懸念が瑞蓮の中に芽生えつつあった。

「せっかく足を運んでもらったのに、申し訳ない」

気まずげに言ったあと、丹波医官はなんともやるせない面持ちを浮かべる。彼自身も自分の言い分に納得していないのだろう。自分の立場と良心の狭間で葛藤している心の内が如実に見て取れた。

重苦しい空気が、詰所に流れた。

「いまさらおためごかしと思われてもしかたがないが、痿証に対して肝腎を補うという貴官等の方針は一理あろう」

おもむろに告げた丹波医官に、瑞蓮は思わず視線をむける。若干項垂れかけていた樹雨も顔を上げた。

人の重要な臓器に、まず五臓がある。

すなわち肝、心、脾、肺、腎である。

その中で肝は蔵血作用を持ち、腎は蔵精作用を持つ。

肝で調整される血は筋骨を作り、腎で調整される精は成長と生殖の源となる。

四歳になっても自分で起き上がることができず、手足が萎えているという朱宮の状態は、肝と腎が機能していないというふうに解釈できる。

そうなると治療方針は、肝腎の不足を補う方向になる。

補う手段は、主に食物だ。しかし特に精は生まれつきに備わった先天の精（腎精）によるところが大きいので、補うといってもおのずと限界があった。ちなみに補給される精は後天の精と呼ぶ。

朱宮の病が治らないというのは、つまりそういうことなのだ。

しかし丹波医官は一理と言った。ということは――。

「他になにか要因は考えられるのでしょうか？」

まるで心を読んだかのように、樹雨が瑞蓮の疑問を口にした。

この問いに、丹波医師は戸惑うことなく応じる。

「臓腑の虚はなくとも、気、血、水の流れが滞ることで血や精が全身に行きわたらないという考え方もあるだろう」

気、血、水とは人の身体を維持する基本的な要素で、全身の経絡を循環することで身体を養う。これらが順調に全身を巡らなければ、せっかく肝腎で生成された血と精も滞ったままとなる。

いつしか瑞蓮は真剣に耳を傾けていた。

自分と数歳しか違わぬであろう、医師としてはまだ若手ともいえる丹波医官の高い見識を、ここまでのやりとりですでに察していたからだ。

この人の言うことを聞き逃してはならぬ――医師としての本能で瑞蓮は悟っていたのだ。

「どちらが主因となっているかは、患者を診ねば分からぬ。されど状態から推察するに、そなたの申す通り、生まれつきの腎精が極端に不足していることは間違いなかろう」

「ならばやはり肝腎を補う方向で――」

樹雨の問いにうなずいたあと、あらためて丹波医官はつづける。

「とはいえ腎精が多少なりとも生成があるゆえ、首のすわりや手足の動きなど緩やかながら発育が見られるのであろう。なればそれを効果的に循環させる手段もあわせて考えたほうがよい」

丹波医官の説明を、樹雨は真剣な面持ちで聞いていた。先ほどまでにじませていた消沈は、もはやどこにも感じられない。

「いずれにしろ、病が重篤であればあるほど病因は多岐にわたる。ひとつの治療にばかり囚われぬほうがよいし、効果がないからといって、むやみやたらと手段を変えることも感心せぬ」

そこでいったん言葉を切ると、丹波医官は瑞蓮と樹雨を交互に見やる。そのうえで諭すように告げた。

「効果が疑わしいときは、まずは証立てをもう一度試みること。正しい診断こそが医術の基本であることを、ゆめゆめ忘れられるな」

翌日、御所の庭を歩いていた瑞蓮は大典侍と鉢合わせた。

鉢合わせたといっても、むこうは簀子の上である。金彩をふんだんに施した、目がくらむほど派手な檜扇。蘇芳色の唐衣も萌葱色の表着も豪奢な二陪織物。濃い化粧に豊満な身体付きも手伝って、まさに皇太后のような貫禄だった。

高欄を挟んで、二人は立ったまま話し合う。

「宮様の所からの帰りか？」

「はい。いまから安福殿に参ります。女孺（女官の名称。主に宮中の雑役に従事）の方から診察の依頼を受けましたので」

「おお、さようか。いつもすまぬな」

「お気遣いなく。報酬はいただいておりますから」

あくまでも仕事だという姿勢を崩さぬ瑞蓮に、大典侍は頼もし気に目を細める。

後宮に従事する女人の治療は、本来であれば瑞蓮の仕事ではない。しかし以前に梨壺女御から渡された過分の礼の代償として、しばらく請け負うことになったのである。これを提案してきたのが、目の前の大典侍だった。

「頼むぞ。男の医師より親身になってくれると、そなたの評判は鰻登りじゃ」

など と大典侍は言うが、これは一概に男性医師ばかりが悪いとは言えない。婦人科系の病にかんして、恥ずかしがってはっきりと症状を説明しない患者が多いのも一因なのだから。

大典侍に別れを告げてから、瑞蓮は安福殿に回った。

内裏の南西に位置するこの殿舎は薬殿とも呼ばれ、侍医や薬生の詰所となっている場所だった。

朱宮の担当を任された樹雨は、狭いながらもここに詰所を与えられていた。それを瑞蓮が、御所内に局を持たぬ女官達を診るときに使わせてもらっているのだ。ちなみにこのあたりの手配と根回しには、大典侍が動いてくれた。

後宮の女官達の診察を請け負うように提案してきたのは大典侍だから、とうぜんの働きと言えばそれまでだが、痒いところに手が届く細やかな気配りが豪放磊落な態度とは裏腹で、瑞蓮には興味深い。

御簾を持ち上げて中に入ると、すでに女孺は待っていた。

歳回りは三十歳前後といったところで、目の下にクマが目立ち顔色はくすんでいる。括り染めの模様を散らした胡桃色の小袖に、豊かな腰回りには腰布を巻いている。

　女嬬の主訴は、出産後二か月が過ぎても悪露（分娩後に子宮から排出される分泌物）がつづくという、婦人科的にはなかなか深刻なものだった。個人差はあるが通常悪露はひと月からひと月半ほどで終わる。

「悪露の色は、まだ赤いのですか？」

「いえ、さすがにもう茶褐色になってはおりますが」

　だとしても産後二か月で未だ止まらぬというのは、やはり長い。

　聞けば女嬬は、半月程前に御所に戻ってきたのだという。

　出産における女人の体力の消耗は著しく、気虚、陰虚、血虚という三虚の状態がしばしつづく。気虚と血虚は、文字通りの気と血の不足、ないしはそれらが機能しがたい状態。陰虚とは身体全体の機能が減退した状態を言う。

　本来であれば産後三か月はしっかりと休養するべきなのだが、この身分ではそうもいくまい。

「乳の出もあまりよくなくて……」

　女嬬は表情をさらに曇らせた。足りない分は貰い乳をするなどしてなんとかしのいでいるが、貴族の姫君のように長期にわたって乳母を雇うことは難しい。悪露の排出不良は、乳の出はもちろん女子胞（内性器）の回復にも影響する。

　悪露の状態をさらに詳しく聞いたうえで、クマやくすみの目立つ顔貌から、瑞蓮は彼女の病因を、血の巡りが滞る〝血瘀〟によるものと診断した。出産後の気虚により、女子胞から悪露がうまく排出されずに瘀血（この場合は、病理産物としての血液が滞ったもの）が生じた状態となっているのだ。

　そこで血の巡りを改善する処方と、滋養食である粟の粥を毎日必ず食べるように指示した。本当は鶏卵も食べてほしいのだが、残念ながらこの国の食材として鶏と鶏卵は一般的なものではない。丹波医官も匂わせていたが、邦国での治療は唐土の医学書の説明ではそぐわない部分が多々ある。

　女嬬は瑞蓮の指導を嚙みしめるように聞いたあと、遠慮がちに問うた。

「蜂を炒ったものが滋養に良いと聞いたのですが、どうでしょうか？」

「ああ……」

　相槌をうちながらも、瑞蓮は少し驚いていた。

　蜂にかぎらず、昆虫が食用とされるのは、唐土では珍しくない。風味には好みもあるが、実は栄養価の高い優秀な食材で唐坊でもしばしば目にする。

　しかしまさか都で、しかも内裏でこんな問いを受けるとは思わなかった。

「かまいませんが、食べられますか？　気持ち悪いのを無理してまで食べる必要はありませんよ」

「イナゴだと思えば、変わりはありませんよ」

けろっとして女孺は言った。確かにイナゴを食べるのに、蜂を嫌う理由はない。だったらイナゴのほうが食べつけているのではという話にもなるが、あいにくいまの時季にはほとんど見かけない。

その点で蜂なら、この季節は不足しない。しかし巣でも見つけないかぎり、食用にするほどの量を個人で簡単に捕獲できるとは思えないのだが。

「市で売っているのですか？」

唐坊ならともかく都では、蜂を食料品として売っているところが想像できない。東市には薬を商う薬屢はあるが、高価な品ばかりで、この身分の者がおいそれと足を踏み入れられる店ではないだろう。

「いえ。知り合いが分けてくれたのです」

「知り合い？」

聞くところによると市井では、蜂を滋養品として摂取することがひそやかに流行っているのだそうだ。

出どころは、近頃評判の巫覡（神に仕えて、祈禱や神おろしをする人）である。巫覡が滋養食を配るなどおよそお門違いにも思えるが、その者はかねてより昆虫の滋養の高さを知っており、個人的に摂取しているのだという。

婦人病に悩むさる姫君に祈禱を施したあと、御裾分けをするぐらいの気持ちで蜂を勧めたところ、たちまち病が改善したというのだ。その話題が世間に広がり、蜂は婦人病に良いという話になってしまったのである。

鶏卵は忌避するのに蜂が平気だというのが瑞蓮には理解しがたいが、このあたりは文化のちがいだから否定するわけにもいかない。

「食べすぎには気をつけてください。毒はありませんが、それで他の食材を食べられなくなっては元も子もありませぬゆえ。まあ、蜂などいくつも食べられるようなものではないと思いますが」

そう説明して麻布に包んだ薬を渡す。渡来の高価なものではなく、畑で育てられる薬草を使った比較的安価なものだ。七日したら様子を聞かせてくれという指示にうなずくと、女孀は薬を大切そうに胸に抱えて出ていった。

一人残された瑞蓮は、ぼんやりと御簾の先を眺めていた。

悪露が二か月続く。本来であれば、仕事などせずに療養したほうがいいのは分かっている。けれどそんなことが許されるのは、身分の高い一部の女人だけだ。こうしたほうがよい、それはよくないと言ったところで彼女の身分ではどのみち叶わない。女孺という身分のあの女人に、自分の可能なかぎりの助言はできたと思う。

けれど瑞蓮は、ふと思った。

あの丹波医官であれば、いまの患者に対してどのような指示と処方を下したであろうかと。

ここまで瑞蓮は、婦人の治療には絶対的な自信を持っていた。いまさら男の医師から助言など求めるつもりもなかったのに、なぜ丹波医官にだけはそんなふうに思うのか。

分かっている。患者があの女孺だからではない。

あらゆる病に対して、丹波医官の意見を聞きたい。そしてもしも彼が自分とまったく異なる診立てをしたのなら、その理由をじっくりと説明してほしかった。つまり瑞蓮は、丹波医官に一目置くようになっていたのだ。

一度でいいから、彼に朱宮の治療に参加してほしい。

正直に言えば、朱宮のためというより自分の欲求のほうが大きいかもしれない。

昨日から瑞蓮の中では、丹波医官の見識を聞き、その手技を目の当たりにしたいという欲求が、驟雨を降らす雲のようにむくむくと湧き上がっている。

朱宮への施術を断ったときの丹波医官は、官吏としての立場と医師としての良心の狭間で葛藤していた。

ならば――まるで博打打ちのような言い方だが、あと一押しがあれば落とせるのではないか。善意の強要ではなく彼に利がある形を作れば、施術を引き受けてくれるかもしれない。

瑞蓮の脳裡に、丹波医官が文机に置いていた巻子本が思い浮かんだ。

漢籍の本を読むのに苦心していると、彼は言っていた。

ならば、瑞蓮が解読を協力してやるというのはどうだろうか？　この見た目ゆえに誤解されているが、瑞蓮はれっきとした邦国生まれである。しかし唐坊で育ったので唐土の文化には通じている。

相手になにかをさせるために故意に貸しを作るなど、人としていかがかとは思うが、背に腹は代えられない。

逡巡しつつも瑞蓮は立ち上がった。

安福殿を出て、旁門から外郭を抜ける。そのまま大内裏を東にむかって進んでいると、陰陽寮の前で門から出てきた晴明と鉢合わせた。

「これは、安杏林」

あいかわらず愛想よく晴明は、話しかけてきた。

瑞蓮はひどく驚いていた。なんだろう、この間合いは。どうしようかと迷っているさなか、この青年に会うだなんて。

(これって、ひょっとして……)

そう。もはや偶然とは思えなかった。なにしろ晴明は、昨日もまた占いを的中させたのだ。結果は芳しくないだろうが、行くこと自体は止めない。現実に断られはしたが、大きな収穫があった。

「いまお帰りですか?」

瑞蓮の腹積もりなど知る由もない晴明は、変わらずに朗らかだ。

しかしどうしたことか、いつものようにべらべらと喋りはじめる気配はない。理不尽は承知の上で、なんの気紛れだと腹立たしくなってくる。いつもは訊いてもいないのに、一方的にあれこれ運勢にかんして注意をしてくるくせに。

痺れを切らした瑞蓮は、思いきって自分から切り出す。

「昨日のことですが——」

「はい?」

「あなたがおっしゃった通り、確かに成功はしませんでした」

晴明は笑みを崩さなかった。得意気でもないし、もちろん申し訳なさそうな顔でもない。

瑞蓮は観念した。これはやはり、こちらから訊くのが礼儀だろう。思いきって口を開きかけたとき、さらりと晴明が言った。

「今日は大丈夫ですよ」

この人物は人の心が読めるのかと、一瞬本気で思ってしまった。

晴明が一方的に今日の運勢や卦を伝えてくるのはいつものことだ。しかし今日にかぎっては瑞蓮のほうがそれを知りたがっていたので、短気を起こして勝手にはぐらかされているように感じただけかもしれなかった。

「ありがとう。実は気になっていたのです」

この瑞蓮の発言に、晴明は珍しく驚いた顔をした。呪術や占いに対するこれまでの瑞蓮の冷ややかな反応を見ていれば、この発言は意外すぎただろう。そう考えると晴明も、よく懲りもせずに色々と報告に来ていたなと思う。

瑞蓮とて、急に占いを信じるようになったわけではない。ただ思いきった交渉をする予定なので、なにかお守りが欲しかったのだ。

「これで思いきりよく行けます」

「それは良かった」

ここに来て晴明は、その表情に得意そうな色をにじませた。それは鼻持ちならぬ類のものではなく、はじめて作った漢詩を褒められた少年のように微笑ましい表情だった。

「人の不安を少しでも和らげることができたのなら、占い師冥利につきるというものです」

以前にも聞いたことのある言い分に、瑞蓮は苦笑した。占い師ではなく天文生では？　という指摘はここでは不要なのだろう。

なにより先ほどの晴明の一言が、躊躇いがちだった瑞蓮の背を押してくれたことは間違いない。占いに対する基本的な認識は変わらぬが、こういう側面もあると思えば、やはり人にとって必要なものだと考えられる。

「ありがとう。では行ってまいります」

「ところで、九条に参られるのですか？」

瑞蓮は目をぱちくりさせた。

「なぜ、分かったのです？」

「昨日は不具合だったと仰せでしたから、それを挽回に行かれるのかと思ったのです」

聞けば納得の説明だが、すぐに関連させて考えられるあたり、やはり注意深い人だと感心した。

「さすがですね。その通りです」

「では、どうぞ気をつけて行っていらしてください。そうそう。本日は百鬼夜行ですから、遅くならないように気をつけて。あと十二直では〝破〟の日となりますのでご注意を」

べらべらとまくしたてると、呆気に取られる瑞蓮にむかって晴明はひらひらと手を振った。


暦注（暦に記された、各日の吉凶や運勢等）の一つである十二直とは、北斗七星を用いた吉凶の判断方法である。

その中の〝破〟の日は、文字が示すように破壊を意味する日で、契約や結婚などには適さないとされている。逆に訴訟や談判は良しとされているのは、困難を突破すると解釈されているからである。

しかし談判の先には一般的に契約があるわけで、これから丹波医官と交渉しようと考えている瑞蓮にとってなんとも微妙な忠告だった。

そこまで考えて、瑞蓮は足を止める。

（って、私なにを気にしているのよ）

背中を押してもらうぐらいの軽い気持ちで訊いただけなのに、いつのまにか暦注を気にしてしまっている自分に笑ってしまう。医術の基礎理論のひとつに陰陽論があるから、陰陽師の言うことを頭から否定をするつもりはないけれど、水をさされたと気分を害すぐらいなら、端から訊かないほうがよかったのではないか。

頭をひとつ振り、足早に大路を南下する。

市場がある七条界隈に入ると、雪崩のような勢いの人の流れに出くわす。油断すれば突き飛ばされそうなほどの雑踏の中を、ひょいひょいとすり抜けてゆくのは博多津でも慣れていた。

人いきれと数多な品物がかもしだす雑多な臭いも似ているが、玄界灘に面した博多津との決定的なちがいは、空気が滞っていることだと瑞蓮は感じている。

平安京は東西北の三方を山に囲まれ、南側も丘陵地になっている。それゆえ奔流（りゅう）のように流れこんだあらゆるすべてのものが、行き場をなくして濁流（だくりゅう）となって渦巻（うずま）きつづけている――七条の市（いち）を通るたび、瑞蓮はそんなものを感じるのだった。

東寺を横目に、昨日と同じ小路で左折する。少し進んだところで、路地の奥から火がついたような子供の悲鳴が聞こえた。

何事かと足を止めて目をむけた先は、昨日ものぞきこんだ路地だった。

市女笠をつけた身なりのよい女人が入ってゆき、突き当たりにある小家の上に大量の虫が飛んでいたあの路地を、苅安色（かりやすいろ）の水干を着た子供がぐずりながら駆（か）けてきた。先ほどの悲鳴の主（ぬし）だろう。右手にはしっかりと布包みを抱え、左手をやたらとぶらぶらさせている。

特異な外見を持つ瑞蓮にとって、知らない子供に声をかけるのは躊躇（ちゅうちょ）することだったが、これはさすがに見過ごせない。早々に瑞蓮は腹をくくった。おびえて逃げだされたとしても、そのときはそのときだ。

「どうしたの？」

路地に踏み入り、瑞蓮は尋ねた。

男児はぐずりながら目をむけ、次の瞬間ぴたりと泣き止んだ。泣きはらした目を円くして、まじまじと瑞蓮を見つめる。悲鳴を上げられなかっただけよしとするべきか。見たところ、殴られたようすでも大怪我をした感じでもない。

ならば転びでもしたのか。いずれにしろ大丈夫そうだと安心していると、男児は左手をゆるゆると持ち上げた。

「蜂に刺されちゃった」

驚きはしても、おびえもせずにちゃんと応じてきた。その冷静さと度胸に、瑞蓮は舌を巻いた。六、七歳と思しきその男児は、賢そうな黒目勝ちの眸が印象的な顔立ちだった。

「蜂？」

瑞蓮は奥に立つ小家を見上げた。昨日と変わらず虫が飛んでいる。やはりあれは蜂だったのか。

「このあたりに井戸はある？」

瑞蓮の問いに、男児は顎を動かして奥を示した。右手は荷物を持っているし、左手は痛くて動かせないのだろう。

男児のあとについて路地を奥に進むと、すぐ先に井戸があった。井戸端には誰もおらず、これ幸いとばかりに瑞蓮は、男児を近くに座らせてから釣瓶を落とした。

蜂に刺された場合の応急処置は、針を抜いてから毒を絞り出すようにしながら傷口を水で洗い流すことだ。

　汲み上げた水をいったん足元に置き「手を見せて」と言うと、男児は素直に左手を差し出した。甲の親指の付け根のあたりがかなり赤く腫れていた。

（まず、針を抜かないと）

　しかし目を凝らしてみても男児の手からは針は見つからず、小さな出血痕が残っているだけだった。

　動いているうちに針が落ちることはある。ましてこの男児は、痛みからなのかけっこう左手を振っていた。きれいに落ちてしまったのなら、もともと抜く予定のものだから問題はない。

　しかし――。

（蜂だったら、こんな痕はつかない）

　瑞蓮は膝をつくと、男児の黒々とした眸をのぞきこんだ。そうしてできるだけ警戒させないように穏やかな口調で言う。

「毒を絞り出さないといけないから、ちょっと痛いけど我慢してね」

　男児は唇をうっすらと開き、瑞蓮の双眸を見つめていた。そこに異相の者に対するおびえの色はない。むしろ極上の珠を目にしたときのような、感嘆がにじみ出ていた。

釣瓶の水で自分の手を洗い、次に男児の傷を洗い流す。そのあと傷口をつまみあげて血を絞りだした。かなり強くつねるので、子供にはそうとう辛いはずだが、健気にも男児は歯を食いしばって耐えている。処置をしながらも、瑞蓮はその辛抱強さに感心した。床擦れの処置をしたときの朱宮もそうだったが、子供というものは、時として驚くほどに忍耐強い面を見せる。

絞り出せるだけ絞り出して、ふたたび水で洗い流す。井戸の水は一見澄んでいても意外に濁っていることが多いので、本当は白湯が望ましいのだが、さすがにこの場では無理だ。見ず知らずの家の戸を叩いて頼みこむには、瑞蓮の外観は特異すぎた。これが博多津ならばと歯痒さを感じているさなか、ふと施薬院のことを思いだした。

（そっか。あそこに行けばいいんだ）

市井の傷病者の救済が目的の場所なのだから、白湯ぐらいは提供してくれるだろう。上手くいけば薬も貰えるかもしれない。それに元々の目的は、そこに行くことだったのだから。

「ねえ。このすぐ先に施薬院という場所があるのを知っている？」

瑞蓮の問いに男児が一拍おいてから、こくりとうなずいたときだった。

「太郎!?」

背後から、驚いたような呼びかけがあった。太郎とは一般的には長男の仮名である。瑞蓮が振り返るのと、男児が「父上！」と声をあげたのは同時だった。

そこにいたのは丹波医官だった。

髪の色ですでに承知をしていたのだろう。瑞蓮の顔を見ても、あらためて驚いた様子は見せなかった。それよりも不安気な面持ちで息子を見ている。この状況で父親としてはとうぜんの反応だ。

「太郎、どうしたのだ？　お前が泣きながら歩いていたと、近くの者が知らせに来てくれたぞ。父に飯を持ってくる途中であろう。いったいなにがあったのだ？」

「蜂に刺されました」

「蜂じゃなくて、虻よ」

瑞蓮の指摘に太郎はきょとんとする。

虻蜂取らず、とことわざにもあるほど、蜂と虻は外観が似ている。

しかし子供からすれば痛いということだけが事実で、刺した虫がなにであるのかなどどうでもよいのだろう。

けれど手当をする側からすれば、微妙に対応がちがう。

蜂は刺すが、虻は咬むのだ。とうぜん針は残らない。そして咬む目的が吸血なので、必然的に血痕が生じる。しかも虻の毒は、おおむね蜂よりもあとを引くことが多い。腫れと痛みと痒みが数日つづくので、咬まれたら可及的速やかに毒を絞り出さなければならない。

（そういえば、今日は〝破〟の日だったわ）

別れ際の晴明の言葉を思いだした。なるほど。確かに咬傷痕から毒を絞り出すことも、広い意味で〝破〟かもしれない。

訳が分からぬ顔の息子とは真逆に、さすがに丹波医官はすぐに合点がいったようだった。

「それで、そなたが息子を手当てしてくれたのだな」

確認するような丹波医官の問いに、瑞蓮はうなずいた。

「通りがかりましたので」

「父上。こちらの方は昨日父上がお話しされていた方でしょう。珠のような眸をした女医殿にお会いしたと言っていましたよね」

太郎が興奮した声をあげる。なるほど、瑞蓮の異相をあっさりと受け容れられたのには、そういう理由があったのか。しかしこの調子なら、咬傷のほうは大丈夫そうである。それに丹波医官の息子なら、この後の処置もきちんとしてもらえるだろうから、その点も安心だった。

「いや、助かった。虵の毒は早く処置をしないと、長引くゆえ」

そう言って丹波医官は一礼した。しかし顔を上げたあとは、顎をさすりつつなにか言いあぐねるように瑞蓮を見ている。

なんだろうと訝しく思っていた矢先、ふと閃いた。あ、と短く声をあげて目をむけると、丹波医官は静かに口許を緩めた。

「息子が世話になった礼をしたいのだが……」

「ならば、朱宮様の治療にかんしてご教授ください」

間髪を容れない瑞蓮の要求に、丹波医官の口許がさらに緩む。

昨日断られたときから分かっていた。この誠実な医官が、朱宮を憐れんでいることは。

いや、憐れむというのは少し語弊があるやもしれぬ。

それは医師としての本能だった。傷病者の治療にあたりたいという誠意と、困難な病に対して自身の知識がどこまで通用するかという意気込み。

けれど官吏としての立場を考えるとしゃしゃり出るわけにもいかず、生真面目な性格だけに、あのあとはずっともやもやとしていたのだろう。

しかし偶然にも息子が瑞蓮から治療を受けたことで、丹波医官は礼をしなければならなくなったのだ。

僭越と言われても、手をかすことはやむを得ない。なにしろ丹波医官は、瑞蓮に義理を立てねばならぬのだから。

「ご教授いただけるのなら、医薬書の翻訳をお手伝いします」

駄目押しのような瑞蓮の提案に、丹波医官はやれやれとばかりに肩をすくめて見せた。そうして生真面目な彼には似つかわしくない、悪戯めいた光を眸に湛えつつ言った。

「なれば、致し方ないな」

瑞蓮達が施薬院に出向いてから三日後に、丹波医官は御所を訪れた。

典薬寮の者達に見とがめられぬよう経路を配慮すべきかと尋ねると、からっとした口調でそれには及ばないと答えた。

「私は息子を助けてもらった。その礼をしに参っただけゆえ」

　なにか言われたら、それで通すつもりらしい。

　そもそも典薬寮の者達が不快に感じたところで、朱宮の治療という義務を放棄している彼等に文句を言われる筋合いはない。それでももしもなにか言われたら「では、あなた達が責務を果たせばよい」と言い返してやるつもりでいる。

　桐壺北舎の母屋にある朱宮の局には、三尺几帳と花鳥を描いた衝立、四枚綴りの屏風が設えられていた。それらの障屏具をかき分けた先の、高麗縁の畳と茵で作った御座で、丹波医官による朱宮の診察と治療は行われた。

　潑溂とした表情に禿に揃えた黒々とした髪という、一見冴え冴えとした朱宮の容貌には、丹波医官も最初は怪訝な顔をした。しかし朱宮の姿勢——両手を前につき両膝を内側にむけるという座り方が、全身の筋力がないためのものだと彼が判断するまでに時間はかからなかった。

「朱宮様。こちらの方が先日お話しいたしました、施薬院の医官でございます」

　樹雨の紹介に、丹波医官は「よろしくお願いします」と言った。

「こちらこそ、お願い申す」

　朱宮は活気のある声をあげた。いつも女人ばかりに囲まれている朱宮が、初対面の成人男性である丹波医官におびえはしないかと心配していたが杞憂だった。樹雨と女房達がよく言い聞かせていたのもあるが、そもそも朱宮は初見の瑞蓮にさえおびえなかった肝の据わった子供なのだ。服装も含めてどこから見ても一般的な邦人である丹波医官に臆するはずもない。

しかも丹波医官は、驚くほど幼児の扱いに慣れていた。

「されど和気医官が作る薬は、それほど苦くはないよ」

などと語る朱宮に「それはようございました」と機嫌を取るふうでもなく淡々と答えているが、突き放した感じはまったくしない。太郎君の存在もだが、同い年の子供がいると言っていたから、そもそもが慣れているのだろう。どちらかというと子供が苦手な瑞蓮よりも、よほど懐に入るのが早かった。

しかも一見子供の話し相手をしているだけのような丹波医官が、望診、聞診のために神経を研ぎ澄ませていることは、瑞蓮も樹雨も同じ医師としてすぐに察せられた。

望診とは患者の見た目や動作を観察すること。聞診とは声の調子や呼吸の具合、口臭や体臭を嗅ぐことも含まれる。大人とちがって辛抱がきかない子供が相手のときは、こんな何気ないやりとりの間に素早く状態を観察する能力が求められる。

次いで行うのは、脈や腹圧を診る切診だった。

「どれ、御脈を」

朱宮の細い手首を取って脈を探る。そうやって丹波医官は、問診も含めた四診のすべてを驚くほどの短時間で済ませてしまった。手際の良さに瑞蓮も樹雨も舌を巻いた。

「宮様。ちょっとお手当てをいたしましょうか」

さらりと丹波医官は言った。鍼とは言わずに施術をするつもりらしい。大人からすれば鍼はさほど痛みを伴うものではないが、その見た目だけで子供はおびえてしまう。

「うん」

朱宮は疑うことなくうなずいた。女房が紐付き衣を脱がせて、うつ伏せにする。これなら鍼は見えない。丹波医官は瑞蓮と樹雨を間近に呼び寄せると、きらりと目を光らせ「よく見ておけよ」と言った。

鍼治療の間、朱宮はさしてぐずることもなく施術は無事に終わった。

考えてみれば痛みにかんしては床擦れで慣れているだろうし、施術の間じっとしていることも身体が不自由なので慣れている。わずか四歳でそのような状況にある子供は不憫ではあるが、本人が無自覚なのでそんな気持ちは噯にも出さなかった。

女房の見送りを受けて殿舎を出る。

晩春の壺庭には、黄金色の八重山吹と淡紅色の桜草が花開いていた。目隠しの立蔀の先に出たところで、丹波医官は深い溜息をついた。

「あれは宿痾だぞ」

重々しい口調での指摘は、瑞蓮とてもちろん覚悟していたことだった。

朱宮の病は、いまの医術で完治できる代物ではない。経験を積んだ医師であればこそ、なおのこと痛感したのだろう。

樹雨は表情を曇らせつつも、きっぱりと言った。

「承知しております。ですが私は、治療により宮様の苦痛を少しでも和らげることができるのなら、それだけでも医術の意義はあると考えております」

「意義はもちろんある」

自身の言をあっさりと肯定されて、樹雨は驚いた顔をする。人の批判を好まぬ気質から口にはしないが、おそらく他の医官達からは朱宮への治療の必要性をことごとく否定されてきたのだろう。

　しかしいま丹波医官は、意義があると断言した。

「そなたの言う、苦痛の除去はもちろんだ。それに私は痿証の患者を、多くはないがこれまで何度か診てきた。その者達に、そのときの症状に応じた治療を行ってきた。とうぜん完治とはいかなかったが、治療前より進行が緩やかになったなど、それなりの効果は認められた」

　瑞蓮は目を見開いた。痿証に対して治療の実績を持つという医師に、はじめて遭遇したからだ。そもそも症例自体がさほど多くないので、治療経験のある者が少ないのだ。

　樹雨はその眸に希望の色をにじませた。

対して丹波医官は、わずかに表情を歪めつつ言った。

「――しかし、皆成人だった」

　樹雨はもちろん、瑞蓮も怪訝な顔をする。

　患者が子供だから、なんだというのだろう。単純にこれまで症例がないから同じにはできぬということなのか？　しかしそれはしかたがない。市井であれば朱宮のような子供は容赦なく捨てられてしまうことが大半だから、大人になって発病した症例がほとんどなのだ。

子供だから特別だというのは、どういう意味か。

ひょっとして、心情的に痛ましさが増すということなのだろうか。

「子供は成長する」

丹波医官は言った。

「確かにあの宮の腎精は極端に乏しい。しかしわずかでも生成されているから、首のすわらぬ赤子から、あそこまで成長なされた。ゆえに治療をしても、それが医術の効果なのか発育なのかの判断がつけられぬ」

そこで彼はいったん言葉を切り、自嘲気味に言った。

「逆に悪化の一方をたどるのであれば、明確に効果がないと分かるゆえ、方針の転換も容易だがな」

そこまで聞いて瑞蓮は、丹波医官の言いたいことを察した。

「なれば症状の増悪がないかぎり、あとは効果があるかないかも分からぬ治療を試行錯誤で継続してゆくしかないということですか」

身も蓋もない瑞蓮の問いに、丹波医官は苦笑いを浮かべた。

否定はしなかったから、つまりそういうことなのだろう。

現状でさえ、朱宮の成長と病の進行のどちらが優勢にあるかの判断はつけがたい。

四歳で立つことも叶わぬのは急速に病が進んでいるからだと考えるのか、あるいは腎精による成長で、完全な寝たきりになるのはなんとか避けられていると考えるべきなのか。

四診によって弁証を立てることはできても、そんな曖昧な状況のまま治療を継続してゆくことは、五里にもわたる深い霧の中を進むようなものだ。

眉間にしわを刻む瑞蓮を一瞥し、丹波医官は樹雨を見た。

「あういった病の治療は、患者も医師も意欲を保つことが大変だ。病というものはどういうものか、どこかで考えていずれ腹をくくらねば将来がきついぞ」

釈然としない顔をする樹雨の横で、瑞蓮は口許を歪めた。

丹波医官の言い分は、経験のある医師なら誰でも抱える葛藤だ。

しかし医師となって一年足らずの樹雨は、まだその経験をしていない。五里霧中でも進まなくてはならぬ不安を。

若く経験も浅い樹雨にとって、いまの丹波医官の言葉にはなんらかの反発があったかもしれない。

かといって頭から反論するほど青臭くもないから、心に刺さった部分もあったにちがいない。

「……その」

それきり樹雨は口ごもった。瑞蓮の目には、彼がひどく混乱しているように映った。かねてより気にしていた樹雨の心の負担を、はじめて明確な態度で見た気がした。

瑞蓮の内側で、なにか言ってやりたいという気持ちと、なにを言ってよいのか分からぬ混乱がせめぎあった。

重苦しい空気の中、とつぜん丹波医官は樹雨の肩に右手を置いた。

樹雨は丹波医官を見つめ、次に肩に置かれた彼の手に視線を動かす。

それは樹雨の中で目覚めたばかりか、あるいは薄々と自覚しはじめていた戸惑いがはっきりとした形になった瞬間やもしれない。

重苦しい空気の中、丹波医官は樹雨の肩に置いた手に力をこめた。

瑞蓮の目には、それが励ましとも叱咤とも映った。医師としてかつて自分が通ってきた道に、これからさしかかろうとする若者に対するなんらかの気持ちの表れのような気がした。

「だが、そなたは若い」

そう告げてから、丹波医官はふと表情を和らげる。

「いまは、それでいい」

第二話

正しい怒り(いか)のしずめ方

丹波医官から教わった鍼の施術は、樹雨と交代で行うことになった。ときには同席をして、相手の手法が誤っていないかを確認しあうことも同時に決めた。

その日、朱宮への治療を終えた瑞蓮は宣耀殿にむかっていた。

桐壺北舎に入るとすぐに、女房の一人が大典侍の伝言を持ってきたのだ。

『そちらでの用事が終わったら、宣耀殿に来てほしいとのことです』

これまでの経緯を考えれば、誰かの病の相談であることは容易に想像できた。しかし後宮に仕える女人からの診察依頼は、大典侍が手配した女嬬によって瑞蓮に伝えられている。

それを大典侍が直接話すことを希望したのなら、患者は彼女の縁故か、よほど身分が高い相手なのか、あるいは大典侍自身の具合が悪いのかもしれなかった。最後の可能性を考えるとやはり心配で、渡殿を進む足も自然と速くなる。

妃達が住まう後宮は、七殿五舎と呼ばれる十二の殿舎からなる。

皇后御所として建てられた歴史から、后町とも呼ばれる常寧殿を中心に六つの殿が取り囲む。北東に位置する宣耀殿から南側に回ってゆく形で、麗景殿、承香殿、弘徽殿、登花殿、貞観殿となる。

その東西に五つの舎がある。こちらはたとえば淑景舎が桐壺と呼ばれるように、舎よりも『壺』と呼ばれるのが一般的である。東側が北から桐壺と梨壺。両舎ともに北舎を備えている。

西側がこちらも北から雷鳴壺、梅壺、藤壺となる。雷鳴壺以外は、庭にその花があることが名称の由来だという。

瑞蓮は桐壺と梨壺、そして大典侍が住む宣耀殿以外はほとんど認識していなかったが、いまのところ特に不自由はない。

宣耀殿は桐壺の西隣である。渡殿を進んでいると、宣耀殿の簀子の中ほどに一対の男女が立っていることに気づく。むきあって話をしている彼等は、瑞蓮の存在には気づいていないようだった。

柱を背にして立つ女は、この付近でたまに見かける若い女房である。所属は分からないが、山吹色の平絹の唐衣からして中臈か下臈だろう。高価な綾織物の唐衣を着ることができるのは上臈だけである。唐衣裳装束など一切興味のなかった瑞蓮だが、毎日のように御所に出入りしていればさすがに色々と覚えてくる。

そのむかいに立つ、冠直衣姿の青年には覚えがなかった。そもそも瑞蓮が面識のある宮中の男といえば、昇殿を許されぬ下級官吏ばかりなので、上流貴族の褻（日常）の装いである直衣を着る者などいなかったのだ。

それでも知識として覚えていた青年の衣装は、若い男性特有の着こなし『桜直衣』だった。

この季節の衣装はまだ単ではなく、裏地のついた袷である。

直衣の表地はよほど高齢の者をのぞけば一律に白の固地綾だが、裏地に用いる二藍の赤味は年齢によって変わってくる。二藍とは、紅と藍の二つの染料を使って染める色である。これを若者は紅が強い〝色が濃い〟生地を使うので、その色が白の表地から透けて薄紅色に見えることから『桜直衣』と呼ばれているのだ。

距離が近づくにつれて、二人のやりとりが断片的ながらも聞こえてくる。

「そのようなお戯れを……」

「戯れなどであるものか。そなたのように美しく才もある女人、男であれば惹かれてとうぜんではないか」

「なりませぬ。大納言様からお叱りを受けてしまいます」

「さようなことは心配致すな。私がきっちりと守ると申したであろう」

「されど……」

困惑気に語尾を濁し、女房は扇の上端から男を見上げる。男のほうといえば、いつのまにか腕を伸ばして柱に手を当て、女の動きを封じこめている。これが力ずくで迫っているなら止めにも入るが、声音からして女も乗り気なのはあきらかだったから、無視して瑞蓮は渡殿を進んだ。

渡殿は簀子の端についており、中ほどにいる彼等には近づかずに南側の妻戸に迂回できる。まあ足音と気配で、人が来たことぐらいは気づくだろう。

簀子に上がると案の定、視界の端に、ばたばたと距離を取る二人の姿が見えた。特に女房のほうは、瑞蓮と大典侍が親しくしていることを知っているのであわてたのやもしれない。

(別に告げ口なんかしないけどね)

内心で呆れつつも、妻戸のほうに回りこもうとしたとき「ちょっと待て!」という男の声が響いた。誰に言っているのかも分からないまま、反射的に声がしたほうをむく。

桜直衣を着た青年が、身を乗り出すようにして瑞蓮を見ていた。

第一印象は、非常に風采のよい若者だった。なるほど。これならあの女房でなくとも、たいていの女はほだされるだろう。

(あれ?)

なにか記憶が揺さぶられた。しかしそれがなにであるかを考える前に、奥の妻戸が音をたてて開き、そちらに意識を奪われる。

「参られましたか」

妻戸の先にいたのは、大典侍付きの女房だった。間合いの良さに、待ち伏せされていたのかと思った。

「は、はい。お待たせ――」

「ささっ、早く入られよ」

女房の勢いに促され、挨拶もしないまま瑞蓮は引きずられるように殿舎の中に入った。ゆえにその若者のことは、それ以上考えないまま終わってしまった。


「九条邸の姫君が、私の診察を受けたいと？」

大典侍から聞いたその名称に、内心で瑞蓮はうんざりとしていた。

診察料は身分を問わず一律。加えて官吏のように出世を気にすることがない瑞蓮にとって、極端に身分の高い相手は神経を使うだけでなんの旨味もない、気が重い相手でしかなかったからだ。

御簾むこうの大典侍は、大きくうなずいた。

「御所の女達からそなたの噂を耳にしたのだろう。大納言が私を介して頼んで参られたのじゃ」

「九条の大納言の姫君というのなら、関白のお孫様でしょう。その方なら、いくらでも名医を頼めるでしょうに」

「父親として藁にもすがる思いなのじゃ。親心を汲んでやれ」

「それほどに、どこがお悪いのですか？」

気乗りしない相手でも、病人相手に医師がすることは同じ。気持ちを切り替えた瑞蓮の問いに、大典侍は扇を揺らした。

「十八歳の大姫が、結婚して四年にもなるのに子ができぬと悩んでおられる」

「四年ですか……」

十八歳という年齢を考えても、夫婦関係が円満ならば少し長い気はする。

これが市井の夫婦であれば、迷いなく不妊を疑うところだ。

しかし身分の高い男は複数の妻を持つことが一般的で、しかも通い婚だから夫婦生活そのものが頻繁ではないことも多い。

「そもそも、ご夫婦仲は円満なのですか？」

口にしたあと、大典侍に訊くことではなかったかと思い直した。幸いにして大典侍は、とくに戸惑うこともなく「悪くはなかろう」とあっさり答えた。

「そもそも関白の孫娘を、粗略に扱える婿などおらぬであろう。いかにそれが東宮とはいえ」

「婿君って、東宮様なのですか？」

さすがに瑞蓮も驚きの声をあげた。

「なんじゃ。そなた知らなんだか？」

「存じませぬ。私は如月の頭まで博多にいたのですよ」

瑞蓮の反論に、大典侍はいまさら気づいたように「そうであったな」と幾度も相槌をうった。

「東宮と言うても先日内定致したばかりで、正式にはまだ立坊はされておらぬ。いまはまだ帥の宮じゃ」

帥の宮の名称には、嫌でも過日の騒ぎを思いだす。今上の同胞の弟・帥の宮の立坊が内定したことで、朱宮の生母である桐壺御息所がひどく錯乱して大騒ぎになったのだ。

「されどな……」

大典侍は少し声をひそめた。

「帥の宮はたいそう多情なお方で、他にも通う女人を幾人もお持ちらしい。ゆえに大姫も心が休まることがないようじゃ」

「大姫？」

なんということもない呼称が、瑞蓮の記憶を揺り戻した。

施薬院前の通りで見かけた、九条邸から逃げ帰ろうとしていた若い男。従僕から〝大姫様がお嘆きになる〟と咎められていたあの青年。

（あいつ、か……？）

眉をひそめた直後、先刻簀子で見たばかりの光景が、まるで絵巻を広げたようによみがえった。

そうだ。先程の桜直衣の公達になにか覚えがあると思っていたら、あのときの青年だった。そういえば口説かれていた女房が、大納言に叱られるとか言っていた。それも彼の家の婿となればすべて合点がいく。

（えっ⁉　あれが東宮になるの？）

けして口には出せない、無礼な言葉が思い浮かぶ。

なるほど。あの青年が帥の宮だとしたら、多情だという話は本当なのだろう。なにせ遭遇した二回のうち、二回ともが女人がらみだった。確かに親王という立場であの風采なら、たいていの女は口説かれるだろうが。

「引き受けてくれるか？」

黙りこくった瑞蓮をどう思ったのか、珍しく不安気に大典侍が言う。貴人に対してほとんど忖度しない瑞蓮の気質を、この辣腕女官はすでに心得ていた。決まった対価さえ受け取れば、どの患者にも平等に診察にあたる。その対応を患者の個性では変化させても、身分によって変えることはけしてしない。

都に来たからといって、その信念を変えるつもりはない。梨壺女御にもそうだったから、大姫にだって同じだ。

「あ、もちろん」

そのつもりはなかったが、考えこんでいた間が長くていらぬ心配をかけてしまったようだ。患者は帥の宮ではなく、その妻だ。そもそも帥の宮であっても、いきなり診療拒否はしない。

大典侍は胸を撫でおろしたようだった。

「よかった。ならばその旨を大納言に伝えておこう」

「あの、大典侍様」

傍付きの女房になにやら言おうとしていた大典侍は、動きを止めた。

「なんじゃ？」

「不妊の相談は、少々立ち入ったこともお尋ねしなければなりませぬ。そのご身分の方であれば、おそらく傍付きの方がお答えになられるとは思いますが、正確な情報をいただけないと治療にも支障をきたすとお伝えいただけますか」

月経の状況はもちろん、房事の頻度まで訊かねばならぬときがある。それを無礼だとかはしたないなどと言われては、診察はできない。

市井の者はおおむね答えてくれるが、身分の高い女人は恥ずかしがってなかなか答えようとせず、しつこく尋ねるとたまに泣きだす者までいる。その場合、ほぼ十割の確率で傍付きの者が怒りだす。

そうなってしまえば、瑞蓮の気質では説得してまでかかわろうとは思わない。これまでの結果として、その類の者達からの依頼話はたち消えてしまうことがほとんどだったのだ。

女の瑞蓮に対してさえそれなのだから、男の医師にべらべらと説明できるわけがない。よって彼女達は医術による治療を諦め、加持祈禱に流れてゆく。

「分かった。きちんと伝えておこう」

瑞蓮が出した条件をいったん受け容れたあと、大典侍は口調を改めた。

「されど、医師であるそなたに知られるのはかまわずとも、周りの者に知られることが恥ずかしいという方もおる」

「でしたら、二人きりで問診しましょうか？」

「九条邸の姫君に、そんなことが許されると思うのか」

とんでもないとばかりに大典侍は言ったが、瑞蓮は解せない。男性の医師ならまだしも女性同士ではないか。そもそも子供相手でもないのに、問診を他人が答えるというのが余計な手間なのだ。

不貞腐れた表情を隠そうともしない瑞蓮に、大典侍は閉じた扇の先で御簾を軽く叩いた。

「まあ、そう気分を害するな」

「さようなわけでは……」

気分は害していない。理解できないだけだ。

気まずげに弁明する瑞蓮に、大典侍はくすっと笑った。

「そこでだな。私に一計がある」

「一計？」

「そなたには手間になるが、必要な質問事項を紙面に記して渡しておき、あらかじめ答えを書いておいてもらうというのはいかがか？」

なんでそんな面倒なことを、と反論するほど物の分からぬ人間ではない。

確かに手間ではあるが、患者が直にはうまく答えられぬというのならば問診表を作ることは医師の務めである。耳が不自由なものには筆談を、文字が読めない者には処方箋を音読してやるぐらいはあたり前のことだ。それに本人が答えを書いてくれるのなら、女房が答えるよりよほどよい。

躊躇することなく瑞蓮はうなずいた。

「承知いたしました。ではただちに記してまいりますので、大典侍様からお渡し願えますか？」

「もちろん」

間髪を容れずに大典侍は了承した。そのうえで母屋のほうを扇で示し、上機嫌で言った。

「ならばここの机を使え。紙と筆も用意させよう」

それから二日後。

大典侍を介して戻ってきた問診票を手に、瑞蓮は九条邸にむかった。

このあたりに来るのは、ここ数日で三回目である。

同じ経路なので、またあの路地の前を通り過ぎる。板塀の上空ではあいかわらず黒い点のような虫が旋回していた。蜂だと思いこんでいたが虻だった。牛や馬などを飼っている家であれば虻は大量に飛んでいる。どちらの虫であれ、捕獲等の目的がないかぎり近づかないほうが無難である。

施薬院の前を通った際に、丹波医官のことを思いだした。大姫の診察が早めに終わったなら、挨拶がてらに顔を出し、朱宮の治療にかんして報告をして帰ろう思った。

裏門に立つ門番に取り次ぎを頼むと、少しして小袖に腰布を巻いた娘が出てきた。

「お待ちしておりました。どうぞこちらに」

端女と言うには言葉遣いも身なりも良いので、侍女あたりだろう。十七、八歳くらいの、くりくりとした眸と溌剌とした表情が可愛らしい娘だった。

彼女のあとにつづいて下屋（雑舎や倉）が並ぶ裏庭を通り抜けると、その先にはいくつもの巨大な殿舎が建っていた。

いわゆる寝殿造りは主殿たる寝殿を中心に、渡殿でつながった複数の対の屋とで構成されており、枝分かれした草の葉に喩えて『三葉四葉の殿造り』とも称されている。寝殿の屋根は入母屋造りだが、対の屋の屋根は縋破風の切妻造りだ。

敷地が広すぎて全体を把握することはできないが、東西の対のみならず、北の対までありそうな並びかただった。

相当大規模な邸宅であることは、間違いない。裏庭から見てこれだから、正面の南庭からの眺めはさぞ圧倒されるものだろう。瑞蓮が世話になっている筑前守邸も受領の家としては立派なものだが、完全に規模がちがっている。

もはやどこに位置しているのかも分からぬ対の屋から簀子に上がると、侍女からすぐに中に入るように言われた。高貴な邸では付きあいが浅い相手とは簀子で対面するのが普通だから、いきなり奥に通されることはあまりない。

いいんですか？　という顔をする瑞蓮に、侍女はこくりとうなずき「密事ですので」と囁いた。なるほど。大方の患者は自身の病状を隠したがる。まして相談内容が不妊とあればなおさらのことだ。

瑞蓮だけに妻戸をくぐらせ、侍女自身は中には入ってこなかった。

空薫物が立ちこめる室内は御簾が張り巡らされ、母屋の様子はおぼろにしか見えない。しかし几帳や屏風等の設えのあちらこちらで、唐衣裳を着た女房達がこちらをうかがっている気配はした。

「まあ。話に聞いた通り、まこと珍しい色の髪ですこと」

「あれ、あのように背が高い」

「変わった召し物を着ておりますね」

本人達はこそこそ話しているつもりのようだが、まあまあ聞こえている。慣れっこだったし、珍しがっているだけで悪意のある物言いではなかったので、聞こえないふりをした。

「どうぞ、そちらにお座りください」

やや年配と思しき女人の声に、廂の中程に円座が置いてあることに気づく。

足早に近づき腰を下ろすと、御簾むこうの正面奥には、女房に囲まれるようにして小袿を着た女人が座っている。主従の関係がある場所では、略礼装である小袿は主人しか着ることができない。

つまりこの女人が瑞蓮の患者。あの帥の宮の妻であり、未来の東宮妃・大姫というわけだ。

「安瑞蓮と申します」

「よくぞおこしくださいました」

母屋の端近にいた女房の歓迎の言葉に、瑞蓮は一礼する。診察なのだから、せめて御簾は上げておいてくれとは思ったが、ここひと月ほどの滞在でそれを口にしないぐらいの礼儀は心得ている。

「いえ。お役に立てますものか、どうか……」

「案ずることはない。姫様は本来は健やかなお方。なにかの糸口があれば、御子をもうけることはたやすき事」

少し奥から聞こえてきたのは、先ほども聞いた年配の女人の声だった。不妊の相談で呼び出しておいてどうかと思う発言だが、自分の主人が身体に障りがあって身籠ることができないなどと、認めたくない気持ちは分かりはする。

「乳母よ。余計なことを申すな」

さらに奥から聞こえてきたのは、極めて若い女人の声だった。言葉ほどにきつい物言いではなかったが、自分よりいくつも年上の人間を咎めることに慣れているのだから十中八九大姫にちがいない。

（声に、覇気がない）

すぐに瑞蓮は思った。十八歳の娘の声ではない。同じ年頃で、先刻案内をしてくれた侍女の声は溌剌として生気に満ちていた。もちろん個々の育ちや性格でちがいはあるが、それでもいまの声には若さにふさわしい張りがない。

　子ができるできない以前の問題として、体調が悪いことは間違いなさそうだ。そう考えると本来の合理的な気質と医師としての本能から、ついつい気が急いてしまう。

「早速ですが、御脈を拝させていただけますか？」

　御簾むこうの空気がぴりっとなったのを肌で感じた。ろくな挨拶はもちろん、大姫からの訴えも聞かずにこの行動だから、癪に触ったのだろう。

　しくじったことは分かっていたが、あきらかに異常な大姫の声質のほうが気になる。それにこじつけ臭くはあるが、高貴な姫君が話しだすのを待っていたら日が暮れてしまう。

　女房達はそれぞれに牽制しあうように押し黙る。屈託はあるだろうが、頼んで往診に来てもらった側としては露骨に不満も言えない。やがて御簾の間から女房が顔を出した。

「どうぞ、お入りくだされ」

「大変恐縮ですが、大姫様にこちらにおいでいただけませんでしょうか」

「――なんと、姫様にそちらに出ろと！」

「母屋では光が足りませぬ」

声を荒らげた乳母に、瑞蓮は冷静に返した。

「顔色も拝見しなければ、的確な診察が行えません。ですから化粧を落としていただくように、問診票でもお願いしていました」

大切なことだったので、問診票の冒頭に記しておいた。

理のある瑞蓮の言い分に乳母は口ごもったが、少しして反論を試みる。

「しかし化粧を落とした顔で、そちらに出よとは……」

「女人としてのお気持ちは分かりますが、正確な診断をするためになにとぞご寛恕いただきたい」

断固とした瑞蓮の物言いに、御簾内がいっそうぴりついた。

「分かった。そちらに参ろう」

「姫様!?」

女房達の驚きの声の中、衣擦れの音が近づいてきた。

手ずから御簾をかきわけて出てきたのは、小桜紋様の桜かさねの小袿を着た女人だった。小手毬を思わせる小柄な女で、絶世の美少女とまでは言えないが、非常に愛らしい姿形の持ち主だった。

格子と御簾を通して差し込んでくる光が、化粧を落としたあどけない素顔を照らし出した。年齢を考えれば輝く珠のようであるはずの肌は、光を浴びてもなお青白くて艶がない。

(血虚か……)

一目瞭然だった。

血虚とは文字通り、気、血、水のうち、滋養となる血が不足した状態である。典型例としては顔色が悪く、手足の冷えや眩暈、加えて女性の場合は月経不順等の症状がある。とうぜん妊娠には悪影響を及ぼす。

下長押の前に立ち尽くす大姫を前に、女房があわてて廂に茵を置く。母屋からはもう一人、中年の女房が大姫のあとを追うように出てきた。年齢からしても、この者が乳母だろう。

大姫は下長押を跨いで、茵に腰を下ろした。

「これでよいか?」

ぶっきらぼうな大姫の問いに、瑞蓮はこくりとうなずいてから、彼女ににじりよった。愛らしい容姿に似つかわしくない即物的な物言いが、瑞蓮には不思議なほど心地が良い。

「御脈を拝見します」

　細い手首を取ると、案の定ひやりとしていた。ひどい冷え性ではなさそうだが、妊娠によい影響はない。

「月水（月経のこと）は定期的におありだとのことでしたね？」

　問診票の答えを改めて確認すると、大姫はうなずいた。

「日数はいかほどで？」

　大姫の後ろで、そわそわする若い女房と不満気に頬を膨らませる乳母の二人に瑞蓮は気づかぬふりをする。二人は高貴な主に直答させてはならぬと考えているのかもしれないが、こんなことを他人の口から証言されるほうがよほど恥ずかしい。

「七日から八日程じゃ」

　躊躇なく答えた大姫に、乳母が目を剝く。

　対照的に瑞蓮は目を細めた。病を自身の問題としてきっちりと捉えている大姫の姿勢に好感を持った。

「少し長いですね」

「異常なのか？」

「いえ、だらだらと続くのでなければ個人差の範囲でしょう」

　そう答えはしたが、これは瑞蓮にとって少々意外な答えであった。

一般的に血虚の女人には、月経時の出血量の減少、ないしは月経そのものの停止が見られる。血そのものが少ないのだから、とうぜんそうなる。

ただし血虚そのものの原因として、不正出血等はあげられる。大量の血が失われるからだ。出産後の女人が血虚の状態になるのは、そのためである。しかし月経の期間が一日長い程度では、不正出血とまでは言わない。

瑞蓮は問診票にもう一度目を落とした。

「以前に月水が止まった時期があったそうですね」

「二年前です」

答えたのは大姫ではなく乳母である。棘のある物言いだった。高貴な存在である養い君が、どこから来た者とも分からぬ異相の女医相手に直答している姿に耐えきれなくなったのだろう。

「十六歳の春頃に一度来なくなりました。それまで姫様の月水はけして定期的なものでなく、あまり気にしてはおりませんでした」

月経が止まってすぐに懐妊を疑わなかったところからして、よほど不規則だったのだろう。初潮が来て数年は、そんなことは珍しくない。考えようによっては、まだ懐妊するにふさわしい身体ではないとも言える。

女人の身体は月のように満ちて、やがて欠けてゆく。

その節目は七の倍数と言われ、身体が成熟するのは二十一歳。そしてもっとも満ちるとされているのは二十八歳である。十三、四で初潮が来ればすぐに子を孕める（はら）だろうと考えるのは、あまりにも短絡的すぎる。

乳母の説明によれば、半年過ぎてさすがにこれはおかしいとして祈禱を頼んだのだと言う。なぜそこで医師ではなく祈禱なのか、いま医師として呼ばれている立場としては理解に苦しむが、その甲斐もあってすぐに月経は再開したのだという。

胡散臭い（うさんくさ）いことこの上ない話だが、表情には出さぬよう気を付けて瑞蓮は問う。

「それから月水は、定期的に来るようになったのですか？」

「さようじゃ。されどこれほどうっとうしいものとは思わなんだ。腹は痛むし、身体はだるい」

「……まあ、そうですね」

げっそりとして答える大姫に、瑞蓮は苦笑した。

あまり症状がない瑞蓮でも、月経の手当は面倒事だった。まして痛みとだるさがあるというのなら、そりゃあ正常に毎月来ることを恨み（うら）たくもなるだろう。

祈禱により月経が正常になったとは思わないが、精神的な安心等、なにかの切っ掛けにはなったのかもしれない。

　そのあとも瑞蓮はいくつか気になる点を問うたが、そのほとんどを大姫は自分の口で簡潔明瞭に答えた。しかしそれらの答えから、血虚の原因となる大きな病を見つけ出すことはできなかった。

　出産や女子胞の病以外で血虚の原因となりうるものは、皮膚炎に風湿（リウマチ類）、痔疾等がある。しかし瑞蓮の所見では、大姫にこれらの病変は該当しそうにない。

　現状でもっとも可能性が高いのは、栄養不足によるものだろう。

　そもそもこの国の偏った食生活に問題があるのだが、目の前の小柄な女人は見るからに小食といった印象だ。血は主として飲食物の栄養から生成されるから、小食や偏食は必然的に血虚の状態を作り出す。

「では血を補う方向で処方を書きますので、まず七日程服用してみてください」

「その薬を服用している間、蜂は食べてもよいか？」

　やぶからぼうな大姫の問いに、瑞蓮は目をぱちくりさせる。もちろん御所で聞いた女孺の話はしていない。横合いから乳母が、補足するように言う。

「祈禱師から、滋養がつくと勧められましてね」

その証言に瑞蓮は、女孺が言っていた婦人病で悩んでいたさる姫君とは、ひょっとしてこの大姫のことだったのではと思った。

「かまいませんよ。ただ食べすぎには気をつけてください」

女孺に言ったことと同じ言葉を告げた。

「いまの大姫様に一番大切なものは、薬や蜂よりも滋養のある食事です。いくら滋養があるからといって、そればかりを食べすぎて食事ができなくなっては本末転倒です。処方の他にも血を養う食材を書いておきますから、そちらを参考にして食事を摂ってください」

補血には獣肉や鶏卵がよいが、それは無理なのでこの国で食べられそうな食材としては蛸に烏賊、他になにがあったかと記憶を呼び起こす。

女房が用意した筆記用具を借りて処方箋を認めていると、先ほど案内をしてくれた侍女が簀子に姿を見せた。御簾が下りていたが、内側から外はわりと見やすいものなのだ。

「あの、帥の宮様から遣いが参りまして……。その、本日は用向きができてお越しになれないとのことです」

「なに？　もう十日もおいでがないのだぞ」

いきりたつように乳母が腰を浮かした。

十日前と言えば、瑞蓮が樹雨とともに施薬院に行って丹波医官と会った日である。あのとき暇も告げずに逃げ出そうとしていた、帥の宮らしき人物を目にした。あれから来ていないというのなら、相当に気まずい思いをしているのだろう。往生際が悪い男だ。正式な婿として迎えられた立場で、関白の孫相手にいつまでも逃げ切れるわけもなかろうに。

御簾の内と外で、女房達がいっせいに不満を口にする。

「ちょっとこちらを疎かにいたしておりませぬか？」

「もしや中納言の姫君のほうに――」

瑞蓮は筆を持ったまま、ちらりと大姫の顔を盗み見た。

あの軽い貴公子が帥の宮であったのなら、この物堅く生真面目な姫君とでは、そりが合わぬであろうことは想像できた。

「姫様、このうえは大殿（この場合、祖父・関白）から抗議を――」

乳母とは別の、これもまた少し年配の女房が強い口調で訴える。しかし大姫は表情を曇らせつつ、低い声で言った。

「仕方がない。私には子ができぬゆえ」

自虐交じりの言葉が、挽き臼のように瑞蓮の胸をしめつけた。

子ができぬ——何十人もの女人から聞かされてきた訴えなのに、耳にするたびに腹立たしくてやるせなくなる。

他人である瑞蓮がこれなのだから、当事者である女人達はどれほど悔しいか想像に難くない。それなのに彼女達は子ができぬ負い目を、周りから押し付けられた女の徳という価値観によって、あたかも己に非があるように自虐する。まったく腹立たしいことこのうえない。

瑞蓮は声を張った。

「まだ、十八歳でございましょう。さほど気になさることはございません」

聞き飽きた言葉なのだろう。そっと目を伏せた大姫の口許には、皮肉な笑みが浮かんでいた。かまわず瑞蓮はつづける。

「さりとていまの大姫様が子宝を授かるためには、治療が必要なことは間違いありません。私も可能なかぎりお手伝いいたしますから、大姫様も心を安らかにお過ごしください。御子を授かる上では、それも重要なことでございます」

ここにきて大姫は、はじめてむっとした口調でやり返した。

「周りからもそう言われているゆえ、私とてできるだけ怒らぬようにしておる」

「怒ってもいいですよ。むしろ怒ってもらったほうがいいです。下手に我慢しては気の鬱屈にもつながります。気鬱は血を消耗しますので、大姫様の症状をますます悪化させることになりましょう」

心を安らかに保てというのは、励ましではなく、あくまでも治療のためである。そんな説得のほうが、この即物的な姫君には効果があると思った。

「怒ったほうが、よいだと？」

「正しい怒りであれば、それは権利ですよ」

大姫は、想像もしなかった言葉を聞いたかのような顔をした。

その表情がおかしくて、瑞蓮はくすっと声をたてて笑った。

「もちろん声を荒らげる必要はないし、暴力もいけません。よほど身勝手な人間でもないかぎり、そのあと自己嫌悪を覚えてかえって気が塞ぎますからね。臆することなく冷静に、思ったことを言ってやればよいのです」

そこで瑞蓮は一度言葉を切った。

「ですが、どうしても感情を抑えることができなかったら――」

「できなかったら？」

「いらなくなった土器等を、叩きつけて壊すとすっきりしますよ」

瑞蓮の答えに、大姫は虚(きょ)をつかれたようにぽかんとした。

しばしおいてから無言のまま深くうなずいた大姫の口許は、心強い言質(げんち)を得た人のようにほくそ笑んでいた。

（これは、力強い）

わくわくした。

そのいっぽうで、ちょっと溜息(ためいき)をつきたくもなっていた。不妊の治療にかかわるとなれば、また都の滞在が延びてしまいそうだからだ。

しかし仕方がない。瑞蓮はこのぶっきらぼうで気が強そうな姫に好感を持ってしまったのだ。

博多津が間近な海街(うみまち)で育った瑞蓮は、あいかわらず都の滞(とどこお)った空気に慣れない。けれども朱宮に丹波医官、加えてこの大姫。そしてなによりも、和気樹雨(わけのきう)。

好意を持つ人物がこれだけいれば、容易に都を離れることができないのはとうぜんではないか。

大姫のもとを辞してのち、裏門まで送ってくれたのは先ほどの侍女だった。

朱華という名で、大姫と同じ年。幼い頃は遊び相手を務め、その縁で身分こそ低いがいまでも親しくしてもらっているのだという。女房達の下知を受けて、端女等を取り仕切る立場にあるそうだ。宮中で言えば、下仕か雑仕といった立場になるだろう。

帥の宮が来ないという伝言を告げたあと、朱華は簀子に控えていたので、女房達の憤懣や、瑞蓮と大姫のやりとりをすべて聞いていたとのことだった。

初見の印象通り快活な娘で、この外見の瑞蓮にも人見知りすることなく、門までの道中ずっと婿君・帥の宮への文句を言いつづけた。

曰く、帥の宮にはいまのところ二人の妃がいるのだそうだ。

一人は大姫で、もう一人が先ほど話題になっていた中納言の姫君。そしてまだ結婚はしていないが、先日御所で噂になっていた梨壺女御の妹姫。つまり大納言の姫君との婚姻が内定しているとのことだった。

中納言の姫は家柄的に敵になりそうもないが、従姉妹にあたる大納言の姫は脅威である。なにしろ同じ関白太政大臣の孫だ。その状況で訪れが途絶えているとなれば、それは女房達の神経も尖るだろう。

「ですが宮様の本命は、斎宮様だともっぱらの評判なのです」

「はい？」

瑞蓮は間の抜けた声をあげた。聞き違えたのかと思ったからだ。

斎宮とは伊勢神宮に仕える巫女のことで、未婚の皇族女性から占いで選ばれる。彼女達が純潔を条件とすることぐらい、いくら都の事情に疎い瑞蓮でも知っている。もちろん真偽など分からぬが、斎宮との間にそんな噂が立っているあたり、帥の宮も日頃の素行が知れるというものだった。

「初恋の君だそうです」

清らかな響きの〝初恋〟という単語に、瑞蓮は心底辟易した。初冠前の男児でもあるまいし、これから三人目の妃を迎えようとしている男が、なにを青臭いことをほざいているのだ。

「ですから御自分の即位のさいには、御入内させるのではともっぱらの噂です」

「斎宮を入内させるなんて、いくら帝でもできないでしょう？」

「できますよ。斎宮様は帝の代替わりに伴って、交代する決まりですので」

そうなのかと、改めて認識する。博多で暮らしているかぎり、伊勢の斎宮のことなど髪の毛一筋ほども考えることはなかった。

「執念ね」

呆れ半分で瑞蓮は言った。

「斎宮様は、式部卿宮のご息女です。宮様からすると姪にあたる御方ですので、東宮妃として身分的にはなんら問題はございません。いずれにしろお相手がお妃さま方であれば、致し方ございません。されど宮様は、御所でも見目の良い女房達に手を出していると噂で……」

それは噂ではなく、おそらく真実である。現場を目の当たりにした身としては言いつけたかったが、話が長くなりそうなのでやめておいた。

そのあとも朱華は、帥の宮への不満をぐちぐちと語りつづけた。

瑞蓮とは初対面なのに、十年来の友人に対するようなあけすけさだ。あるいは井戸端会議をする女とは、皆こんなものなのかもしれない。

忠義ゆえの不満だと分かっていたので不快ではなかったが、さりとて話したこともない、印象だけしか存ぜぬ相手の悪口に同調するのもやりにくい。それで瑞蓮はときには相槌をうちながらも、後半は話半分に聞き流していた。

強烈な香気を放つ、韮畑の横を通り過ぎたときだった。

「大姫様は、昔はもっとちゃんと怒っていたのですよ」

その声音に、散漫だった注意を引き戻された。それまでぷんぷんと怒っていた朱華が、やけにしんみりと言ったからだ。怒ることを是とするのは誤解を与える言い回しだが、朱華の物言いは心を痛めている人のそれだった。

「怒っていたって、帥の宮様にですか？」

「宮様だけではありません。御父上にも兄上様達にもです。相手が誰であれ、否とお思いになられれば、すぐに反論なされておりました。とにかく筋の通らぬことがお嫌いな方なのです」

その気質は、先ほどのやりとりでもなんとなく伝わった。

筋を通さねばならぬ性格だからこそ、子を産むという女の義務を果たせていない自分はとやかく文句を言えないと考えてしまったのだろう。そうやってますます鬱屈を溜めていった結果が、あの軽薄な帥の宮の足がますます遠のくという悪循環である。

従姉妹の姫といい斎王の姫といい、大姫も心安らぐことがないだろう。だというのに懐妊をせっつき、あまつさえ是が非でも男子をなどと言う者達のなんと思いやりのないことか。

悪意があってのことではないので、むしろ想像力が足らないのだ。そんなことを言えば聞いた者がどれほど心をえぐられるか。それぐらいのことも想像ができないとは、人生経験のない子供ならともかく、大人(おとな)であれば悪人よりも恥ずべきことではないか。

そのまま少し進むと、やがて裏口が見えてきた。夕餉(ゆうげ)の支度(したく)なのか、下屋からは笊(ざる)を手にした端女に薪(たきぎ)を抱えた僕(しもべ)が出入りしている。

「ここでけっこうです」

門の外まで見送ろうとする朱華に、瑞蓮は丁寧に断りを入れて手前で別れた。

朱華の明るい気質には好感を持っていたが、さすがにこのおしゃべりに付きあうのは、そろそろしんどくなってきていたのだ。

朱華と別れたあと、瑞蓮はそのまま小路(こうじ)を迂回して施薬院に足を延ばした。

二度目ともなれば門番も警戒することもなく、丹波医官が詰所(つめしょ)にいることを教えてくれた。

「入所者の診察は午前のうちに終わらせたと聞いたから、おそらくな。いずれにしろ帰ってはいないはずだから、詰所にいなければ、そのあたりの人間に訊いてみてくれ」

「分かりました。ありがとうございます」

門番に礼を言って、奥へと進む。

薬草畑を通り過ぎて詰所まで行くと、音をたてて開いた唐戸のむこうから丹波医官が出てきたところだった。

「おお、安殿。どうなされた？」

快よく出迎えてくれた丹波医官に、自然と瑞蓮の表情も和らぐ。九条邸を出てからここに来るまでの短い間、大姫の件が頭から離れずにずっともやもやしていたのだ。

「近くまで来たものですから、ご挨拶にうかがいました」

「それはわざわざ、丁寧に」

「なにかお手伝いできることはありますか？」

遠回しに翻訳の件を匂わせると、丹波医官はすぐに察して「ある」と前のめりに答えた。

「実は翻訳に難儀している箇所がある」

「分かりました」

愛想よく瑞蓮は言った。立場も気質もまったくちがうが、どうやら丹波医官と大姫の二人は、瑞蓮にとって波長があう相手のようだ。

唐戸をくぐると、前に来たときと同じように文机の上に巻子本が広げられていた。

丹波医官は板の間に上がり、瑞蓮は胡靴を履いたまま上がり框に腰を下ろす。

「ここじゃ。どうにも意味が解せぬ」

いそいそと紙面を指し示すところから、よほど気になっていたのだろう。瑞蓮は身を屈めてのぞきこむ。

「ああ、これはたぶん写し間違いですよ」

「写し間違い？」

「うろ覚えですが、神門ではなく神堂だったと記憶しております。神堂にして読んでみれば、合点がいく内容ではありませぬか？」

神門も神堂もともに経絡の名称である。

丹波医官は視線を上下させ、前後の文字を追った。ふむふむとうなずいたあと、納得顔になった。

「なるほど、簡単なことだったな」

「あまりに集中していると、かえって気づかないことがありますよね。人が写すものですから、どうしたって間違いはあります。ですからときには疑ってかかってもよろしいかと」

この世の本のすべては、人の手によって写されたものだ。唐土（もろこし）で流通している木版印刷とて原版を作るのは人間だ。特に古典等は何百、何千と書き写されているから必ず写し間違いが生じる。

「いや、助かった。やはり唐坊（とうぼう）育ちというのは、習得の度合いがちがうな」

「唐坊では、みなむこうの言葉で話しておりますからね」

ゆえに瑞蓮は日本語と唐語の両方が話せる。ついでに言うと、高麗（こうらい）の言葉もちょっとは使える。

それからしばしその漢籍についてやりとりをしたあと、なんとなくの流れから瑞蓮は自分が都に滞在している経緯を話した。そしてこのたび九条邸の姫君の治療を引き受けたので、滞在がもうしばらく長引きそうだとも話した。

「筑前守の御邸（おやしき）でお世話になっているのですが、あまり長引くと申し訳ないのでどうしようかと考えているのですが――」

茅子（かやこ）はもちろん、北の方も迷惑な素振（そぶ）りはひとつも見せない。それどころか一年でも二年でもいてくれとばかりに、瑞蓮が滞在費用にと差し出した絁（あしぎぬ）（粗い糸で平織りにした絹織物）も受け取ってくれない状態だ。顔面を埋め尽くすようだったひどい痤瘡（ニキビ）を治癒へと導いた瑞蓮には、母娘のみならず邸中の者が感謝しているのだった。

「そう気にすることもなかろう。九条の姫君のお世話をするとなれば、北の方からすれば引き留めてでも滞在してほしいものだぞ」

「……そんなものですかね」

「ところで姫君は、どこがお悪いのだ？」

なにげない丹波医官の問いに、瑞蓮は返答に詰まる。

子ができないという個人的な事情を、いくら相手が医師とはいえ迂闊に話すことは躊躇われた。しかしとっさにごまかす言葉を思いつかず「いや、その……」などと言葉を濁していたときだった。

「康頼はいるか？」

開け放したままにしていた唐戸の先に、一人の青年が姿を見せた。康頼という聞き覚えのない名前よりも、その名を口にした人物に瑞蓮は目を円くした。

帥の宮だった。正確に言えばまだ確定はしていないが、十中八九間違いない。身にまとう萌黄かさねの狩衣は、若者に好まれる爽やかな彩である。

「これは帥の宮様」

丹波医官の呼びかけで確定した。ついでに丹波医官の下の名前が、康頼というのも知れた。

想定外の相手の登場に、驚いたのは瑞蓮だけではなかった。帥の宮も瑞蓮と同じに目を円くして、唐戸の敷居に立ち尽くしていた。

どう思ったのか丹波医官は、ああとうなずき瑞蓮のほうを手で示した。

「こちらは私の知人の女医で、安殿と申します。博多の唐坊から来られて――」

「なんだ。そなた、やはり幻ではなかったのだな」

丹波医官の言葉をさえぎり、帥の宮は声を弾ませた。彼の視線はまっすぐに瑞蓮にむけられている。珍妙な生き物を見つけた子供のような顔をしていた。

「どういうことですか？」

状況が分からぬ丹波医官が素直に尋ねた。帥の宮はひょいと敷居をまたぎ、屋内に入ってきた。唐戸のむこうには従僕と思しき男が控えている。

帥の宮は人差し指をぐっと突き出し、瑞蓮を指し示した。

「実は以前にもこの者を見かけていたのだ。だがあまりにも変わった姿ゆえ、自分が幻でも見たのかと思って不安だった。しかしやはり現の存在であったのだな」

いきいきと語る帥の宮に、異相の相手に対する嫌悪は見られない。好奇心旺盛な少年のようなふるまいにも、悪意は微塵も感じられなかった。

しかし名も知らぬ相手をいきなり指さすのは、大人として失礼だろう。もちろん相手の身分を考えれば、それぐらいは許容しなければならぬのだが。

瑞蓮の不服などまったく気づいていないのか、あるいはもともと他人の思惑に無頓着なのか、帥の宮はぐいっと距離を縮めてくる。

「いや、まことに琅玕のような眸だな」

「帥の宮様。女人の顔をまじまじと見るなど失礼ですよ」

さすがに丹波医官がたしなめた。先ほどのやりとりからしても、この二人はある程度親しい関係のようだ。

帥の宮ははっとした顔になり、あわてて身をのけぞらせ瑞蓮との距離を取った。そうして体裁が悪いというように後頭部をかく。いまさらだが、それでも指摘されて改めるあたりは、身分を笠に着て高圧的にふるまう人間ではないようだ。朱華のあの訴えを聞いたあとでは、その程度のことで見直したとはけしてならないけれど。

（ていうか、今日は急用で大姫のところには行けないんじゃなかった？）

朱華からその伝言を聞いたのは、ほんの少し前である。九条邸は小路を挟んだ隣なのに、こんなところでなにをしているのだ。しかもどう見ても忙しそうではない。

丹波医官が、穏やかな口調で尋ねた。

「それで、ご用件はなんですか？」

「おお、そうだった！」

ぽんっと手を鳴らすと、帥の宮は上がり框に腰を下ろした。板敷に上がった丹波医官を挟んで、三人はちょうど三角形の形に並んだ。

「このところ足腰がきつくてかなわんのだ。また鍼をうってくれぬか」

しかめ面で訴える帥の宮に、丹波医官は呆れ顔で首を揺らす。

「養生なさらぬからですよ」

「さように申すが、四日空けると舅殿から嫌みを言われる。それも二人からだ。しかも来月には、また一人増える。これでどう養生せよと申す」

被害者面をして訴えるが、だったら内裏女房に手を出すのをやめればよい。

四日空けるとまずいというのなら、一日あけて二人の妻のところに通えば、二日は休めるではないか。もっともここに大納言の姫君が加わったら確かにどうにもならないが。

そもそも大姫のところには、十日訪れていないはずだ。

帥の宮の戯けた言い分に、丹波医官は苦笑しつつ穏やかに返す。

「承知しましたよ。ちょうどいま空いておりますから」

「ありがたい。やはり康頼は話が分かるな」

いそいそと沓を脱ぐ帥の宮を横目に、丹波医官は奥に筵を敷きはじめた。どうやらここで施術をするつもりらしい。施薬院の治療所には、市井の入所者や通院者が出入りしているから、宮様をお連れできるような場所ではない。

そういうことならばもう暇乞いをしようとしたとき、格子窓の前を通った帥の宮の横顔が目に入った。

(？)

瑞蓮は首を傾げた。これまでは分からなかったが帥の宮の髪は、格子窓の光を受けると思った以上に白髪が目立った。もちろん個人差はあるものだが、十九歳という若さには似つかわしくない。

筵に胡坐をかき襟元を緩める帥の宮に、どこから出してきたのか鍼箱を手にしつつ丹波医官は言った。

「肌が乾いていますよ。不養生のせいではないですか」

「だからあ、それは舅殿達に言ってくれよ」

狩衣（かりぎぬ）と衣（ころも）を脱ぎ、小袖姿となった帥の宮はわざとらしく頬を膨らませた。

「まったく。そなたが典薬寮（てんやくりょう）にいたときは邸（やしき）に呼び出せたが、施薬院に移ってからこうして足を運ばねばならぬのが、まことに面倒くさい」

「でしたら典薬寮の医官を呼べばよろしいでしょう。あちらにも腕の良い者は大勢いますよ」

「なにを言う。そなたに敵（かな）う医師などおらぬ。まことあのまま典薬寮におればよいものを、なにゆえ異動など願い出たのだ」

「申し訳ありませんね。こちらのほうが我が家に近く、妻子とゆっくりと過ごせるのですよ」

帥の宮の勝手な言い分にも、丹波医官は怒りもせずに答える。

瑞蓮は先日会った彼の息子のことを思いだした。

なるほど、そういう理由で施薬院に勤めているのか。長男に接する態度から想像できたが、なかなか子煩悩（こぼんのう）な父親のようだ。

帥の宮は小袖にかけていた手を、ぴたりと止めた。片肌（かたはだ）を脱ぎ、思った以上に痩（や）せた上半身をさらしている。

「そうだな……。そなたは子に恵まれておるからな」

その声はこれまでの物言いと比べて、あきらかにくぐもっていた。

瑞蓮と丹波医官が、ほぼ同時に帥の宮に目をむける。丹波医官は意味深に帥の宮を一瞥し、やがてなだめるように言った。

「お妃さま方はどちらも若く健やかな方でございましょう。宮様が養生に努めなさればそのうち授かりますよ」

つい先ほどそのお妃の一人から不妊の相談を受けたばかりだとは、さすがに丹波医官相手でも告白できない。帥の宮には大姫がそれだけ追い詰められているという事実を突き付けてやりたかったが、いかに医師とはいえそれは増長である。

帥の宮は無言のまま諸肌を出し、うつ伏せに転がった。そしてどさくさに紛れるよう、小さな声で吐き捨てた。

「いまの妃達には、どうせ子はできぬ」

瑞蓮は思わず帥の宮をにらみつけた。もちろんうつ伏せの彼が、こちらを見ていなかったことは確認済みだ。次期東宮をあからさまににらみつけるほど、世間知らずではない。

とはいえ大姫の治療に与る者として、腹の虫は治まらぬ。瑞蓮は怒りを空気に霧散させるよう、ゆっくりと息を吐いた。

「丹波医官」

深呼吸は功を奏したとみえて、声に変調は起きなかった。丹波医官は鍼箱の蓋を開けたまま、こちらをむいた。

「私はこれで失礼いたします。忘れ物をしてしまいましたので……隣の九条邸に寄ってから帰ります」

筵にうつ伏せになっていた帥の宮の上半身がびくりと揺れた。知るものかとばかりに踵を返し、瑞蓮は駆け足で唐戸を潜り抜けていった。


ふたたび九条邸の門をくぐる。門番が瑞蓮の異相を忘れるわけもなく、診察の件で伝え忘れたことがあると言うとすぐに通してくれた。そのまま裏庭を進んでいると、韮畑の前で朱華と鉢合わせた。

「お戻りになられたと、僕から報告があったのです」

自分が来た理由を説明した。偶然ではなく、朱華はわざわざ出迎えに来てくれたのだった。

「すみません。手を煩わせて」

「いいえ。それより伝え忘れたことって？」

「よろしければ、大姫様に直接お伝えしたいのですが……」

朱華は意外な要求をされたように、目をぱちくりさせる。なにしろ相手は関白の孫娘で、しかも次期東宮妃となる人だ。気軽に面会を望める相手でないことは分かっている。


「だめですか？」

遠慮がちに尋ねた瑞蓮に、朱華はぶんっと首を横に振る。

「大丈夫ですよ。女房の方々は礼儀にうるさいけど、姫様はあの気質だから直接お話を聞きたいと仰せになるに決まっています」

それは頼もしい。少し前に話したばかりの、やけに貫禄のあるうら若き姫君の姿を思い返す。小柄な体軀も含め、可愛らしい容貌からあのどっしりとした物言いは想像ができない。

朱華の先導で、先程の殿舎に戻った。ちなみにこちらは北の対にあたるということである。要件を伝えに中に入った朱華を、瑞蓮は簀子で待っていた。ほどなくして出てきたのは別の女房だった。

「どうぞ、お入りください」

慇懃な口調は、もしかしたら多少怒っているのかもしれない。しかたない。朱華も言っていたが、礼儀にうるさい彼女達の機嫌を損ねることは覚悟していた。

妻戸をくぐり廂を進むと、大姫は御簾のむこうに座っていた。瑞蓮の診察が終わったあと、もとの居場所である母屋に戻ったようだった。

「いかがいたした、とつぜん？」

大姫の声がした。直に問うてくるあたりが、どこまでも気丈な姫君だ。医師が話があるといって再訪したのだから、不安に思っていても不思議ではないだろうに。

（だからこそ、自分の口で尋ねたのかもしれない）

不安や現実から逃げないところが、いかにもこの姫君らしい。

年若く小柄で、月経が重く不安定。もろもろの要素を鑑みるに、肉体的にはまだ成熟していない。しかし不妊の件も含め、病を自身の問題としてむきあう大姫の姿勢は、精神的に成熟した大人のものだった。

「たいしたことではございません」

まずは心配をさせぬために、その一言を言う。

そのとき、香ではない馴染んだ匂いが鼻を抜けていった。

(これは?)

反射的にあたりを見回す瑞蓮に、御簾内から大姫がゆっくりと告げる。

「先程、そなたの処方を服用したところじゃ」

「え?」

「まだ四半刻(三十分)もたたぬが、手足がほかほかして心地よい」

その感想に、瑞蓮は眉を開く。手足の冷えは血虚の典型的な症状だから、服用してすぐにそのような感触が得られるのなら、これはかなり体質に合っているのだろう。

(良かった)

安堵で胸が満たされる。さほどせぬうちに、大姫は良くなるだろう。帥の宮とちがって生真面目な大姫は、治療にもきちんと取り組むであろうから。

けれど懐妊というものは、それだけでは為せないのだ。

だからこそ告げに来た。

「御子がおできにならぬ理由の半分は、帥の宮様にあります」

はっきりと帥の宮の名を出した瑞蓮に、御簾と几帳のむこうで女房達がざわつきはじめる。簀子で物音がしてちらりと見ると、いつ来たのか朱華が口許を押さえて吹き出すのを堪えている。大姫への忠心ゆえに、帥の宮に良い感情を持たぬ彼女からすればとうぜんの反応だろう。

「ゆえにけして御自身ばかりをお責めになりませぬよう、そうお伝えしたかったのです」

とかく世間というものは、子ができぬことを女側だけの所為にしたがる。

しかし医師から言わせれば、そんなことはあり得ない。

にもかかわらず、一夫多妻の世では子宝に恵まれる妻とそうでない妻が如実に分かれるので、その場合はどうしても女の責にされてしまう。

もちろん女側の原因が、十割という場合もある。

だが同様に、男が十割の場合もあるのだ。

もしも原因が夫婦五分五分だった場合、五分の原因を持つ夫も問題がまったくない他の妻とのあいだには子ができやすい。逆に五分の原因を持つ妻が、まったく問題のない他の男とならば子ができる場合もある。

「……女医殿は、宮様にお会いしたことがあるのか？」

怪訝そうに問われ、ぎくりとした。

確かに先程の瑞蓮の発言は、帥の宮の状態を知っている者の言い分だ。

実は隣の施薬院で帥の宮に会った、とはさすがに伝えられない。帥の宮をかばってではなく、大姫の気持ちを慮(おもんぱか)ればこそだ。訪問の約束をすっぽかした夫が、小路を挟んだ隣で鍼治療を受けているなどと知ったら、ますます気分を害するだろう。

けれど大姫には伝えたかった。子ができぬことを理由に、帥の宮に対して卑屈(ひくつ)になる必要はかけらもないのだと。なぜなら――帥の宮が健康な男性とはとうていいいがたい状況であることは、医師の目を通せばあきらかだったからだ。

「全般的な話です」

苦し紛れに、それでも瑞蓮は断言する。

「どの夫婦でもそうです。子ができぬのは、女子(おなご)のせいだけではありません。ゆえに御一方ばかりが抱(かか)えこまずに、おたがいの養生をご夫婦でお話しあいなされたほうがよろしいかと――」

瑞蓮が言い終わらないうちだった。にわかに簀子がばたつきだし、朱華の裏返った声が聞こえた。

「み、宮様？　本日はお出(い)でにならぬご予定では？」

「用事がなくなった。すぐに安子に取り次いでくれ」

聞き覚えのある声がして、御簾むこうに人影が現れた。もちろん帥の宮だ。衣の色が緑衫に見えるのは、萌黄かさねに影がかかっているからだった。

このやりとりで、大姫の名前が安子だというのを知った。丹波医官につづき、日頃はあまり耳にしない他人の本名を、一日に二度も同じ人間の口から聞いた。

「お、お待ちください。ただいまお伝えしてまいります」

朱華はあわてるが、やりとりはすべて丸聞こえだ。

気配を察した女房達もあわただしくなる。婿君を入れる前に、設えを整えたり等の準備が必要だ。酒や肴も準備せねばなるまい。

瑞蓮は腰を浮かした。たがいの病状を共有した方がよいと進言はしたが、瑞蓮は帥の宮からの診察依頼は受けていない。もどかしさはあるが、それ以上のことはできない。話しあえという提言を大姫が実行するかどうかは、瑞蓮の関与することではない。

ならば長居は無用である。

「大姫様、私はこれで……」

「女医殿」

すでに立ち上がった瑞蓮を、大姫が呼び止めた。

「はい？」

「薬がなくなった頃に、また様子を診(み)に来てもらいたい」

瑞蓮は口元を緩めた。

色々立ち入ったことも言ってしまったが、嫌(きら)われてはいないようだ。

「なにかありましたら、また呼んでください」

御簾のむこうで、大姫がうなずいたように見えた。

踵を返して妻戸をくぐると、案の定というべきか、出てすぐ先の簀子で帥の宮と朱華がやりとりをしていた。

「ただいま準備をいたしておりますので、寝殿でお待ちを――」

「おいっ！　そなた待たぬか」

無視して反対側に進路を取った瑞蓮を、帥の宮が呼び止めた。聞こえぬふりをしてそのまま行こうかと思ったが、あの大声ではさすがに無理だろう。

「私ですか？」

しらっとして応じた瑞蓮の傍(そば)に、帥の宮は駆け寄ってきた。

気のないふりをして、瑞蓮はその顔貌(がんぼう)を観察する。

太陽の光の下で見ると、やはり肌の乾燥が目立つ。本来の若さゆえにそこまで目立ちはしていないが、十九歳という年齢を考えればあきらかに衰えている。どうせ子ができぬと、妻達を蔑んだ姿を思いだし腹立たしさがこみあげる。

夫婦に子供ができないのは、半分はあなたの所為だ。

そんな瑞蓮の反発など気づかない帥の宮は、焦りつつ言う。

「そなた、私が施薬院にいたことを安子に話したのか？」

まあまあ大きな声で帥の宮は言った。彼の背中越しに見える朱華の顔が、驚きから呆れ半分怒り半分の表情に変わってゆく。

用事があるとして訪問をすっぽかしておいて、よりによって隣の施薬院にいたことが知られては確かに具合が悪い。鍼治療を受けに来たというのは正当な用事ではあるが、そのあと九条邸に寄らない理由にはならない。

つまり瑞蓮が大姫に告げ口をすることを恐れて、あわてて追いかけてきたというわけだ。これだけ遅くなったのは、諸肌脱ぎだった衣を整えるのに時間がかかったからだろう。事情も動機も分かりはする。しかし――。

（馬鹿なの、この人？）

悪意や嫌悪とは別に、単純に思った。

格子一枚を隔てただけの場所で、いまのような大声をあげれば中にいる大姫には丸聞こえではないか。まして昼の日中では、二枚格子の上格子は上げており、隔てるものは御簾だけだというのに。

「言っていません」

ほとほと呆れつつ瑞蓮は答えた。

帥の宮の表情に、如実に安堵の色が浮かぶ。そこに冷水でもかけるような気持ちでつづける。

「されどこの場所でさように大きな声で話しては、奥におわす方にも丸聞こえかと存じます」

瑞蓮の指摘に、帥の宮は立ちどころに青ざめた。

いまさら気づいたことにも呆れるが、そもそもなにを被害者ぶっているのかという気にもなる。いまの話を聞かされた大姫のほうが、どれだけ傷ついたことか。まったく嘘がばれたとあわてる者は、真実を知らされて傷つく相手の気持ちは微塵も頭にないのだろうか。

おろおろとして妻戸の奥を見る帥の宮を一瞥し、瑞蓮は彼の肩越しに朱華に声をかけた。

「では、私は帰りますね」

「あ……」

朱華がなにか返事をしかけたとき、瑞蓮の視界の端を桜かさねの衣がかすめた。

えっ？　と思って見ると、妻戸の先に大姫が立っていた。檜扇をかざしているので目から上しか見えないが、ついさきほど診察したばかりの相手だからさすがに分かる。

帥の宮を出迎えに来たのだろうか？　いや、高貴な姫君がそれはなかろう。さりとて文句を言うために出てきたのだとしたら、ずいぶんと穏やかな立ち振る舞いだ。対照的に帥の宮は、あからさまに狼狽し、それでなくとも青白い顔を一層青ざめさせた。

妻戸の敷居を境に、夫婦は同じように立ち尽くす。小柄な大姫は顔を上げ、痩せてはいるが、案外に長身の帥の宮は妻を見下ろしていた。

ひりひりした空気が張り詰める中、瑞蓮と朱華はたがいに目配せをしつつこの光景を見守っていた。

どちらが先に口を開くのか。

大姫は文句のひとつやふたつ言えるのだろうか？　それとも帥の宮がうまく言い

訳をするのか？　しかし帥の宮のうろたえぶりを見ていると、女人の扱いに長けているとはとうてい思えない。それで色好みなのだから、下手の横好きにも程がある。

先に動いたのは、大姫だった。

彼女は扇をかざしたまま、敷居をまたいで簀子に出てきた。光にさらされた青白く荒れた肌が、扇の上からのぞいている。

血虚の特徴がさらに際立つ。けれど内服した薬が効いたものか、初見のときより扇を持つ指先に少し赤味が戻っている。身体がほかほかするという感想は、嘘でも思いこみでもなかった。

「宮様、よくぞお越しくださいました」

拍子抜けするほど静かな物言いに、帥の宮は目を円くする。どやしつけられるとまではいかずとも、強烈な皮肉の一言や二言は覚悟していただろう。

帥の宮の眸に安堵の色が浮かんだ、まさにそのときだった。

しゅっと風を切る音がして、次の瞬間激しい響きとともに壺庭でなにかが砕け散った。ぎょっとして目をむけると、遣水の先に置いた立石を中心に粉々に砕けた土器の破片が散っていた。

視線をずらすと、大姫が右手をひらひらさせていた。彼女が利き手ではない（おそらく）左手で扇を持っていることに、いまさら気づいた。

なにが起こったのか分からずに呆然と立ち尽くす師の宮に、大姫は白々しく告げた。

「まあ、申し訳ありませぬ。宮様に喉を潤していただこうと白湯をお持ちしたのですが、手が滑ってしまいました」

そんなわけがあるか！　吹き出しそうになるのを堪えるため、瑞蓮はとっさに口許を押さえた。

手が滑って、あんな見事に叩きつけられるわけがない。とうぜん故意にやったに決まっている。大姫は師の宮に怒りを伝え、溜めこんできた鬱憤を晴らすため、庭に土器を投げつけたのだ。本当は師の宮に投げつけてやりたいところだっただろうが、さすがにそれはよくない。

だが、怒りは伝わったはずだ。

「あ……」

師の宮は短く声を漏らしたきり、間抜けな表情のまま絶句している。

必死に笑いを堪えていた瑞蓮だったが、その顔を見て、また吹き出しそうになってしまった。それでも相手が相手だけになんとか耐えていたのだが――。

「どうぞ、中にお入りください。酒や肴を準備させますので」

大姫の取り澄ました声を聞いた瞬間、ついに堪えきれなくなってぷっと吹き出してしまうとそのまま腹を抱えこんだ。

笑い転げる瑞蓮に、帥の宮と朱華はぽかんとしている。

しばし肩を震わせたあと、瑞蓮はようやく気を取り直して顔をあげる。

すると大姫が、扇の上から流し目をくれていた。どうだ、見たか。そう言わんばかりの眼差し(まなざ)しに、瑞蓮はまたもや吹き出しそうになった。

第三話

本院大臣の姫の話

壺庭の植木を剪定していた僕がうっかり蜂の巣を突いてしまい、いっせいに飛び出してきた大量の蜂で内裏が大騒動になったのは三日前のことだった。そのとき瑞蓮は御所に居なかったのだが、現場が藤壺と後涼殿に挟まれた比較的人の行き来が多い場所だったこともあり、なかなかの被害が出たと聞いている。当事者の僕はもとより、蜂に刺された女房、女官も多数いたそうだ。

「そのほとんどの方が、翌日には良くなられたのですが……」

安福殿の一角。夕空と名乗った小袖姿の十代半ばほどの娘は、頬を膨らませつつ語尾を濁した。

「なぜかあなたのご主人だけが、まだ痕が残っていると？」

瑞蓮の確認に、夕空は束ねた切り髪が揺れるほど大きくうなずいた。

夕空の主人というのは、後涼殿に局を持つ内裏女房だった。命婦と呼ばれる立場で、その身分は中臈である。

上臈から下臈まで身分差はあるが、女房というのは高貴な方に仕える比較的地位のある女性の職名である。よって彼女達自身も侍女、あるいはもっと下の端女のような者達を雇う立場にある女主人なのだ。

「そうなのです。もう四日目にもなろうというのに、姫様だけが刺された左腕がまだ真っ赤にかぶれておられるのです」

　世間的には御所に仕える立場の内裏女房でも、夕空からすれば〝姫〟という存在である。そしてこの健気な侍女は、わが姫君のために瑞蓮に診察を直談判に来たのだった。中臈とはいえ女房の身分なら、典薬寮の医官に診てもらうこともできるはずなのだが。

「かぶれている？」

　蜂に刺された後遺症としては聞かない話である。

　素人であれば、発疹をかぶれと勘違いすることはある。しかし発疹だとしても蜂に刺されて数日経過したあとの症状としては、あまり聞かない。二度目に蜂に刺されたときなど、発疹で全身が真っ赤になることがあるが、それは比較的早いうちに起こり、呼吸困難などを伴う命にかかわるほど重篤なものだから、この侍女の話しぶりからして該当するとは思えない。

　ちなみにこの症状は食物摂取からも生じることがあり、朱宮が蕎麦を摂取させられていたとき、そこまでひどくはならなかったが近しい症状が起きた。蕎麦をはじめ海老や蟹など、腹下しとは別に、ある種の食物にあたる人間が一定数存在する。

「ご主人は、かぶれ以外に他の症状はないのですか？」

「ひどく痛いと仰せですが、それ以外は……」

それは、ますます面妖である。

蜂に刺されて数日も過ぎて、そこまでひどく痛みつづける話は聞かない。

（もしかして、蜂じゃなくて虻？）

丹波医官の息子の件から、その可能性を思いつく。僕が蜂の巣を突いたという状況を考えると、その女房だけが虻に咬まれたというのも考えにくくはあるが、可能性は無ではない。

「ですがその痛みが強くて、出仕すらできない状態なのです」

ゆえにいまは、後涼殿にある自分の局に籠っているのだという。後涼殿とは藤壺の南側に位置し、壺庭を挟んで清涼殿の西隣に設えられた殿舎である。その東廂は女房達の曹司（部屋）として使われている。

しかし虻に咬まれただけで、仕事もできないほどの痛みが生じるものか？　これまでの症例を思いだせば、否としか言えない。

「まずは、ご主人のところにうかがいましょうか」

百聞は一見に如かず、である。

さっそく腰を浮かした瑞蓮に、夕空は目を輝かせた。

安福殿から後涼殿までは、庭伝いに北へと進む。紫宸殿等を回ってゆけば庭に下りずに行けるが、とんでもない遠回りである。そもそも御所の正殿たる紫宸殿に部外者、しかも御所風に言えば夷狄（外国人に対する蔑称）の外観を持つ自分が足を踏み入れてよいとはとうてい思えない。

夕空の後について、玉砂利を敷き詰めた通路を進む。左手に延々と続く内郭の内側は回廊となっている。右手には蔵人所町屋が建っている。ほどなくしてその先に後涼殿の建物が見えてきた。いったん途切れた回廊には、陰明門が開けている。

後涼殿の西側から簀子に上がり、北側を経由して東簀子に回る。

壺庭を挟んだむかい側の殿舎が、帝の居住区となる清涼殿である。御簾が下りているので中は見えないが、あちらからすると西側となる簀子を、女房が裳を引きながら歩いていた。二つの殿舎の間に位置する壺庭には、春の初々しい若葉をしげらせた萩が柳のように枝をしならせている。

夕空は簀子の一角に膝をつき、御簾に顔を寄せた。どうやら件の女房の局はその奥にあるらしい。

「姫様、杏林様に来ていただきました」

「おお、参ったか。入れ」

内側から返ってきた覚えのある声に、瑞蓮は目を瞬かせる。

夕空が御簾をあげた先には、青柳のかさねに唐花紋様を織り出した唐衣をつけた大典侍が座っていた。彼女の奥には紫苑色の袿を羽織った若い女房がいる。重ね袿は女房の普段着である。

「大典侍様。いかがなされましたか？」

御簾内に入ってから、瑞蓮は尋ねた。

「見舞いに参ったのじゃ。中将は私の部下であるからな」

中将というのは、この若い女房の召名であろう。御所での呼び名は、さしずめ中将命婦というところか。年の頃は二十歳前後。大典侍の奥で項垂れている姿は、ひどく落ちこんでいるように見えた。内気な気質なのか、症状が長引いて憂鬱になっているからなのかは分からなかった。

ひたすら黙する中将をさしおき、急かすように大典侍が言う。

「ともかく診てやってくれ。だいぶんひどいらしい」

「さように、ございますか？」

　ますます蜂に刺されたとは思えない。大典侍が少しずれてくれたので、瑞蓮は中将の前に膝をついた。

「患部を診せていただけますか？」

　中将は一拍おいてからのろのろと左の袖をまくりあげる。紫苑色の袿の下にかさねているのは薄紅色の単である。若い娘にふさわしい清艶な彩だった。

　あらわになった白い腕には、無数の赤い発疹が連なっていた。まるで長方形の焼き印を押しあてたかのような有様に、瑞蓮は息を詰める。蜂に刺された痕でも、虻に咬まれた痕でもないことは明確だった。

（なに、これ？　ひょっとして本当にかぶれ？）

　夕空の説明も、あながち見当違いではなかった。もしもかぶれだとしたら、痛みが強いというのも合点がいく。基本の症状は痒みだが、焼けつくような掻痒感は痛みにも似ている。局所的に症状が出ているのも、原因となった物質に触れた箇所にだけ生じたものと考えられる。

（だけど、なににかぶれたの？）

かぶれの原因になる物として、真っ先にあげられるものは植物、その中でも代表的なものは漆である。確認はしていないが、ひょっとして御所の庭木にもあるのかもしれない。

しかしこの身分の女人が庭に下りて、無暗に樹木に触れることも考えにくい。そもそもそれなら手がかぶれるはずだ。普段は袖でおおわれている腕なのだから、なにかに触れたなら本人にその認識はあるだろう。

「なにかかぶれるようなものに、触った覚えはありませんか?」

「かぶれるようなもの?」

ここにきて、はじめて中将の声を聞いた。

若い娘らしい可憐な声は、不可思議な症状にひどくおびえているようだった。

「ええ。食べ物から化粧品、金物等、対象物は多岐にわたります。もっとも頻度が高いものは植物。漆が特に有名です」

「そのようなものは……」

中将は弱々しく首を横に振る。

「まことか?　よく思いだしてみろ」

促すように大典侍が問うが、中将は首をぶんっと横に振った。

「なににも触ってなどいません。蜂に刺されたあとからずっとちくちくとした痛みがつづいていて、今朝起きたらこんなふうになっていたのです」

「今朝⁉」

半泣き声の中将の訴えに、瑞蓮は頓狂な声をあげた。

中将と大典侍は、驚いてびくりと肩を揺らした。かまわず瑞蓮は端に控えている夕空を見る。彼女の言い分を聞くかぎり、蜂に刺された直後からかぶれが引かないような印象だったのだが。

（ちょっと、どういうことよ⁉）

しかしなんの悪びれたようすもない顔を見て、夕空に自分の説明が不正確だという自覚がないことを知る。確かに考えてみれば、いつから発疹が出たのか具体的な日にちは聞いていなかった。だとしても『刺されて四日目にもなるのに、まだかぶれている』などと説明されれば、普通は瑞蓮のように解釈するだろう。

医術に関係のない人間の認識など、しょせんその程度のものである。だからこそ丁寧な問診が重要なのだ。

しかしそうなると、ますます蜂は関係ない可能性が高くなる。刺されたあと四日間痛みつづけているというのも、本当はどこかで蜂による刺傷からかぶれに変わったものではないだろうか？

そのあとも瑞蓮は、中将に質問を繰り返した。しかしこれは、と思うようなかぶれの原因は見つからなかった。

「あの、私は蜂に刺されてからこのような症状が出たのですよ」

不満気に中将は言った。瑞蓮の問いが蜂とは関係のない、なにに触れたのかという内容に終始していたことに懸念を抱いたのだろう。

「ですが、ただ蜂に刺されただけでは、かような痕にはなりません」

瑞蓮の反論に、中将の表情が歪んだ。

そのせつな、瑞蓮は彼女の眸の奥にある鬼火のような揺らぎを感じ取った。

ああ、しくじった――瞬時に瑞蓮は悟った。

病にかぎらず苦痛のさなかにある者は、多かれ少なかれなんらかの不健康な感情を宿している。その多くは理不尽な苦痛に対する怒りと嘆き、あるいは恨みだが、中将のこれはちがっていた。

あれだ。

よく目にするが、瑞蓮にはなかなか納得できない感情である。

「では、なんだと言うのです！」

「これ、中将」

声を大きくした部下を、大典侍がなだめようとする。しかし中将は唇をぎゅっと結んで、泣くのを堪えるような表情で瑞蓮をにらみつけた。そのまま小刻みに身を震わせて、やがてぼたぼたと大粒の涙を流しはじめる。

「姫様」

夕空が急いで腰を浮かす。

勘弁してくれ。これでは私が泣かせたようではないか。いや、確かにきっかけは瑞蓮が作ったのだから反省はせねばならぬけれど。

「言われずとも、分かっています」

しゃくりあげつつも中将は叫んだ。

いま、なにか言うつもりはなかったのだが――という反論をひとまず瑞蓮は呑みこむ。中将の言い分を聞かなければならなかった。はたして自分の推察が正しいのか。彼女の眸の奥に浮かんだものが、常日頃瑞蓮を悩ませるあれであるのかを確認するために。

「分かっているんです。他の子達はすぐに治ったのに、私だけこんなひどく患うだなんて……。きっと私が本院大臣の孫だから菅公の御怒りに触れたのですわ」

そう叫ぶと中将は、がばっとその場に突っ伏しておんおんと声をあげて泣きはじめた。年若い娘の涙を憐れと思いながらも、ほぼ予想通りの真相に瑞蓮は内心で溜息をついた。

本院大臣とは、醍醐帝の御代に左大臣を務めた藤原時平のことだ。菅原道真を失脚させた『昌泰の変』の中心人物とされ、三十九歳という若さで死去したことが道真こと菅公の祟りだと言われている。

中将の命婦は、その時平の孫にあたる娘なのだという。

左大臣の孫娘が命婦のような中臈で宮仕えなどと不思議にも聞こえるが、実は時平の死後、政治の実権は彼の弟である関白太政大臣・忠平に移っていたのだ。そしてその子息達が梨壺女御と大姫の父親で、のちに小野宮流、九条流と呼ばれる有職故実の祖となる人物である。

しかも中将命婦は女系の孫で、かつ外腹だから、命婦という身分は妥当なものだということだった。

関白太政大臣は道真に友好的な人物だったとかで、昌泰の変にもかかわっていなかった。ゆえに当人はもちろん、その子息達の身にもこれといった怪奇的なことは起きていない。思いだしてみても、大姫も梨壺女御もその話はしていなかった。

いま菅公の祟りにおびえている者は、皮肉にも権力の座からはじき出された時平の子孫。そして今上や帥の宮も含めた先帝・醍醐帝の子息子女だったのだ。

時平の死から十四年後。醍醐帝の嫡子で、時の東宮が二十一歳で夭折した。次いで東宮として立てられた彼の息子も、二年後にわずか五歳で亡くなった。ちなみにこの皇太孫は、醍醐帝と時平の孫にあたる幼児だった。恐れ慄いた朝廷は、道真に追贈をするなどして慰霊に努めたのだという。

その彼等の恐怖を決定付けたのが、いまから十四年前の夏だった。

清涼殿に落雷があり、多数の死傷者が出たのである。

清浄を保たねばならぬ御所。しかも帝の居室である清涼殿にて、最大の穢れである死が生じたことは大変な衝撃だった。そのうえ死傷者の大半を『昌泰の変』にかかわった者が占めていたというのだから、当事者達にとってはさぞ震え上がる事態だったのだろう。この現場を目の当たりにした醍醐帝はすっかりおびえ、体調を崩してほどなくして崩御した。

「当時は怨霊のすさまじさに、みなすっかりおびえていたのう」

懐かしい昔話でもするかのように、淡々と大典侍は語った。

菅公の怨霊の話は、瑞蓮も都に来たばかりの頃、耳に胼胝ができるほど聞かされた。しかし改めて聞かされると、その内容はやはりすさまじい。確かにそんなことが繰り返し起きれば、当事者達はおびえもしよう。

「どうりで、そんな目をしていると思いました」

溜息交じりに瑞蓮は言った。あのあと、泣いて興奮する中将を大典侍と夕空が懸命になだめた。その間に瑞蓮は、気を鎮めるための薬湯を用意した。ゆっくりと飲ませながら中将が少し落ちついたのを見計らい、あとを夕空に任せて宣耀殿にある大典侍の局で話を聞いているのである。

瑞蓮の発言に、大典侍は怪訝な顔をした。

「そんな目とは、いかような目じゃ？」

「怨霊やら物の怪やらを、信じ切っている人の目ですよ」

これまで何度も目にしてきた。

怨霊に囚われる者は、得てして医術を信じない。あるいは医術を信じられないから怨霊に囚われるのかもしれない。

当世の医術の力で治すことができない宿痾を抱える者であればこそ、怨霊を鎮める、ないしは調伏することで病が治るやもという希望を持つ。その感情を病を治せぬ医師が責めることはできない。

　中将の腕のあの発疹が宿痾だとは思わぬが、他の者がなんの跡形もなく治癒している中で、自分一人あのような症状が出れば不審に思うのはとうぜんだった。それを因縁のある家系に求めてしまうことは、ものの考え方としてはしかたがないことかもしれない。

「それで、中将の腕は怨霊の所為なのか？」

　大典侍の物言いにおびえた気配はなく、まるで知らぬ道を訊くかのようだった。

　当世を生きる中で、怨霊や物の怪の存在をまっこうから否定する者は少ない。さしもの大典侍も、まったくこだわらないわけではないだろう。

　しかし彼女であれば知っているはずだ。完治せぬ病と同じように、怨霊や物の怪への恐怖は、うまく付きあう術を覚えねばならぬ類のものだということを。

　瑞蓮は苦笑した。

「だとしても、治療をしないわけにはいきませんからね」

　大典侍はほう、と感心とも呆れともつかぬ声を漏らした。

　その真意は曖昧だったが、瑞蓮は特に追及することもせずに本題に戻す。

「中将命婦が蜂に刺されたことは、間違いないのですよね？」

「それは確かじゃ。腕を上げて振り払ったはずみで刺されたと申しておった。一緒に刺された女房達も見ている。私は奥にいたので被害にあわなんだが、鬼火でも飛んでもいるかのごとき騒ぎようであったぞ」

ならば疑わずともよかろう。

とはいえ、おそらく今回の発疹は蜂とは関係がない。なにしろ刺されて三日後に症状が出ているのだから。

――蜂に刺されたあとからずっとちくちくとした痛みがつづいていて、今朝起きたらこんなふうになっていたのです。

中将の言葉を思い返す。実はあれも引っかかる。そもそも蜂による刺傷は、ちくちくといつまでも痛むものではない　もちろん蜂の種類にもよるが、刺された直後はかなり強い痛みを生じても、普通は一日で治まる。

ゆえにあの発疹は、蜂とは別の原因があると考えてよいだろう。

そうなると考えられるのは、やはりなにかに触れたことによるかぶれだが、本人と侍女の話を聞いたかぎりでは原因物質が思い当たらない。

しばらく考えこんだあと、瑞蓮はひとつ頭を振った。

駄目だ、切り替えよう。いま、これ以上考えても行き詰まるだけだ。

「ひとまずかぶれ止めの軟膏と、念のために痛み止めを出しておきます。ちくちくと痛むと仰せでしたし、痛みで眠れないとよけいに症状がひどくなりますから」

大典侍にそう伝えて、瑞蓮は局をあとにした。

そのまま内裏の庭をぐるりと見て回った。かぶれの原因となる庭木がないかを確認するためだった。唐衣裳姿の女房が気軽に庭歩きをするはずもなし、中将命婦の証言を聞いても植木が原因である可能性は低い。それでも有無だけは確認しておきたかった。

それから四半刻（三十分）余、瑞蓮はひたすら内裏を歩き回ったが、結局それらしきものは見つけられないまま終わった。


「それは奇妙な話ですね」

一連の話を聞いた樹雨は、首を傾げた。

桐壺の北舎で、朱宮の治療を終えたあとのことだった。

「女房の方々は庭木など、そう触りませんからね。それなら切り花を生けるときのほうが、まだ可能性はありそうな気がしますね」

「漆や刺草(いらくさ)以外で、あんなひどいかぶれを起こす花なんてあるかしら？」

「もしかしたら、彼女が特異体質ということもあるやもしれませんよ」

瑞蓮ははっとした。なるほど。それは確かにありうる。

加えてこれまで平気だったものが、体調や環境の変化でとつぜん駄目になってしまうこともある。そちらは昨日も気になってはいたのだが、興奮した中将に、あれ以上詳(くわ)しく訊くことはできなかった。

「じゃあその三日の間に、患部に触れたものを思いだしてもらってみるわ」

「蜂と関係がないのなら、発疹が出たその日だけでもよいのではありませんか？」

「けど、痛みは蜂に刺された直後から継続していると言うのよ」

瑞蓮の返答に、樹雨は怪訝な顔をした。

気持ちは分かる。接触によるかぶれなら、痛みが先行して四日目に皮膚(ひふ)症状が出るというのは考えにくい。理論的には、蜂に刺された痛みと皮膚がかぶれた痛みは分けて考えるべきだ。

けれど中将は、蜂に刺されてからずっと痛みがつづいていると証言している。本当は蜂に刺された痛みが、どこからかかぶれの痛みに変化しているはずなのだが、それを切り分けるのは難しい。

「でもかぶれって、普通は痛みよりも痒みじゃないですか？」

遠慮がちに樹雨が問うた。地味(じみ)に気にしていたことを指摘された。

「あれだけひどいかぶれだと、痛いのと痒いが一緒くたになるのかなと思うのよね」

「さように、ひどいのですか？」

樹雨は中将の患部を目にしていない。

「火傷(やけど)の火脹(ひぶく)れみたいになっていたわ」

「それは、かなりひどいですね」

うん、と相槌(あいづち)を返したあと、思いきって瑞蓮は尋ねた。

「典薬寮の医官で、こういう症例に詳しい方はいない？」

樹雨と石上(いそかみ)医官以外はあまり良い印象のない典薬寮の医官達だが、なんといってもこの国における最高位の医療機関である。その見識は確かだろう。それに高位女官である内裏女房であれば、いかに中臈とはいえ朱宮のように粗略(そりゃく)に扱われることもない。

しかし、樹雨は表情を曇(くも)らせた。

「いることはいます……」

歯切れ悪い物言いを、瑞蓮は訝しんだ。

琅玕のような瑞蓮の眸に見据えられ、樹雨は観念したように告白をする。

「患者は、中将命婦でしょう?」

この段階でなんとなく予想がついた。中将の、あのおびえ揺らいだ目を思いだしたからだ。

「彼女は典薬寮の者に不信感を抱いておりますので」

「そちらが匙を投げているのではなくて?」

「……私も詳しい経緯は知りません」

樹雨は典薬寮の医官となってまだ一年目なのだから、宮中の複雑な事情に疎いだろう。

樹雨の説明によると、中将は何年か前に咳病をこじらせて典薬寮の診察を受けたのだという。その治療が想定よりも長引いたことに辟易した担当の医官が、周りの者に菅公の怨霊の影響を愚痴ったのだという。

「それがどういう経緯かご本人の耳に入ってしまったらしいのです」

なるほど。それで瑞蓮の所に依頼が来たのか。

大姫のような婦人科系の病ならば分かるが、虫刺されの後遺症でなにゆえ瑞蓮が呼ばれたのか、これで合点がいった。件の医官も中将本人に言ったのではないから、追い詰めようとか突き放そうなどの悪意があったのではなかっただろう。しかし医官として少々迂闊であった。

「そういうことだったのね」

「なにか役立ちそうな情報があれば伝えます」

申し訳なさそうな顔をする樹雨に、瑞蓮は軽く手を振った。別に樹雨が悪いわけではない。

「なにか分かったらお願いね。ひとまずは中将命婦に、蜂に刺されてから四日間の行動を尋ねてみるわ」

そう告げて北舎を出ると、瑞蓮はいったん庭に下りて後涼殿にむかった。

同じ後宮の殿舎だから渡殿伝いでも行けるし、東の最奥にある桐壺北舎からでは庭伝いでもさほど距離に差はない。しかし幾つもつながった後宮の『三葉四葉の殿造り』の建物や渡殿を、迷いなく進める自信がなかった。

それなら靴を履く手間はあるが、いったん北の門から内裏を出て、内郭の外を迂回して西の門から入った方が確実だった。

北側の植え込みには、目にも鮮やかな黄金色の山吹の花が咲いていた。いつもなら桐壺に一番近い旁門から出るのだが、その日は山吹を眺めるためにもう一つ先の旁門まで東から西へと進んだ。

右手には回廊、左手にはいくつかの殿舎が立ち並んでいる。大典侍が住まう宣耀殿、つづいて貞観殿、登花殿と、ここまでは覚えている。その先にもひとつ殿舎が建っていたが名称は知らない。聞いていたかもしれないが覚えていない。

二つ目の旁門は登花殿の北側にある。ちょうど山吹の植え込みも途切れたところで門が見えてきた。

「それで中将は、良くならないの？」

「まだ腫れあがったままだそうよ」

「痛みも変わらないと言っていたわ」

登花殿のほうから、女人達のやりとりが聞こえてきた。目隠しの立蔀で姿までは見えないが、中将と呼ぶぐらいだから同じ身分の女房だろう。旁門にむかいかけていた足を止め、瑞蓮は立蔀に張り付くようにして彼女達のやりとりに耳をすませる。

「気の毒よね。あの娘はなんにもしていないのに」

「本院大臣の孫といっても、傍流中の傍流だしね」

「それを言うのなら、桐壺の宮様だってそうじゃない。お妃ではなくしょせん召人腹でしょう」

同情しているような言葉を口にしながらも、その物言いは相手を蔑んだものだった。立蔀で表情が見えないからこそ、腹の中では薄ら笑いを浮かべている本音が伝わってくる。

「だからあの程度で済んでいるのかもしれないわ。直系の方々の中には、夭折なされた方も少なくない──」

最後まで聞かずに、瑞蓮は旁門をくぐった。

胡靴をずかずかと鳴らして通りを歩く。どうにもならぬほどの嫌悪と怒りが、自分の内側でふつふつとたぎっていた。

それでなくとも病で苦しんでいる人を、無責任な人の噂や放言がさらに傷つけている。悪気はない。みな言っている。そんな理由だけで、当事者の心の傷をかけらも想像すらしない無神経さが腹立たしくてならない。

瑞蓮は一度立ち止まり、細く息を吐きつづけた。そうやって胸の中で暴れる激しい感情を空気に溶かしこんでゆく。

なにゆえこれほどに、気が高ぶるのか。博多にいたときであれば、またかと呆れつつも軽く聞き流せていたことなのに。

分かっている。病は怨霊のせいなどでない。それを証明するには、医術で治すしかない。けれどそれだけの力が、いまの医術にはない。その典型が朱宮のような症例である。

その無力感が瑞蓮をいらだたせる。

なんとか感情を落ちつけると、気を取り直してふたたび歩きだす。

負けるものかと、ぐっと奥歯を噛みしめる。

確かに朱宮は無理だろう。けれど中将命婦はなんとかなる。

そのためには彼女に、怨霊の恐怖から気持ちを切り離して事の詳細を思いだしてもらうことが必要だ。

ずんずんと瑞蓮は足を進めた。内郭と外郭の並行線がなす通路で、小袖姿の端女や色のちがう布衫を着けた下級官吏達とすれちがう。布衫の色は所属する部署によってちがってくる。籠を背負った痩せた男が瑞蓮の前を歩いていた。小袴の直垂といういで立ちから僕か、あるいはなにかを届けに来た出入りの庶民だろう。

突き当たりを南に折れて、一つ目の旁門と陰明門を通り過ぎる。二つ目の旁門からふたたび内郭の中に入ると、見覚えのある景色があった。正面に蔵人所町屋。

その左手に、後涼殿の殿舎がある。

やはりこの経路のほうが分かりやすい。女房方や殿上人達は、よくもまあ間違いもせずに渡殿や打橋を進めるものだと感心する。瑞蓮など地図を見ながらでも怪しい気がするのに。

後涼殿の近くまで来ると、ちょうど沓脱の所に夕空が立っていた。彼女は瑞蓮の顔を見ると、脱ぎかけた草履を履きなおして駆け寄ってきた。あわただしいふるまいに、中将になにかあったのかと緊張する。

「杏林様、ちょうどよかった」

「なにかあったのですか？」

「私、思いだしたのです！」

まるで手柄でもたてたかのように、潑溂と言う。どうやら中将の症状が悪化したわけではなさそうだ。

「思いだしたって、なにをですか？」

「刺草です」

夕空が口にした言葉に、瑞蓮は目を見張った。

先程樹雨も口にしていた刺草は、別名イタイタグサとも呼ばれる。その葉と茎に有毒性の棘を持つ、ひどいかぶれを起こす植物として代表的なものである。もしも中将が刺草に触れていたのなら、あのひどい皮膚症状も納得できる。

「中将命婦は、刺草に触ったのですか？」

身を乗り出すようにして問うた瑞蓮に、夕空はこくりとうなずく。

「いま思いだしたのです。夕餉の菜が、刺草の若芽の煮びたしでした」

「……は？」

「一昨日、姫様は刺草を食されたのです。その翌日に腕が真っ赤になったのです」

得意気に侍女は言うが、瑞蓮は一気に拍子抜けした。そういえば刺草の若芽は食用だった。繊維として布にもできるし、薬としても使える。イタイタグサなどと嫌な名を持ちながらも実は意外に汎用性の高い植物なのだ。

しかし今回の場合、煮びたしは間違いなく関係ない。刺草は、蕎麦や海老、蟹のように口から摂取してあたるものではない。この場合はむしろ採取した者や調理をした者の手のほうが心配だ。

失望と、軽い怒りを押し殺して瑞蓮は言った。

「せっかくですが、それは関係ないです」

瑞蓮の答えに、今度は夕空のほうが拍子抜けした顔をした。主の危機に意気込んでいた分、そんな反応にもなるだろう。

「でも、刺草ってすごくかぶれるって言うじゃないですか。私も小さいときに触って真っ赤になりました」

「それはそうですけど……」

「ならば、その可能性もあるのでは⁉」

自らの思いつきを否定されたくないのか、夕空は懸命に粘る。そんなことを言われたって、ちがうものはちがう。刺草を口から摂取して発疹が出た症例など聞いたことがない。棘を抜かずに口にしたというのなら別だが、そんな猛者がいるはずもない。もしいたとしても、症状は唇か口腔内にあらわれる。

「刺草のかぶれは、直接触れたところに出るものです。よしんば体質があわないゆえのものだとしたら、症状は全身に出るはずです」

「蜂に刺されたことが、なにかの影響を及ぼしたのかもしれません」

夕空はなかなか引く気配を見せない。

内心でうんざりしつつも、わずかに気がかりはあった。

蜂に刺されてから、ずっとちくちくと痛みつづけていると中将は言った。蜂に刺されたことと、あのかぶれは関係がない。偶然時期が重なっただけだと結論付けはしたけれど、なにかもやもやが残る。

そうなるといま夕空が口にした、まさかの蜂と刺草の因果関係を疑ってしまう。

（聞いたことがないけどなあ……）

すがりつくような目をする夕空を適当になだめ、瑞蓮は自分の記憶を探る。

蜂と刺草。やはり、どう考えても思いつかない。

諦めて考えることを手放しかけた、まさにその矢先だった。唐突に、脳裡で古い記憶がよみがえった。

——イラクサ⁉

そうだ。あれがあった。あまり診たことがないから、すっかり失念していた。けれどあれならば、確かに症状がぴったりだ。

「夕空さん」

「はい」

夕空は目を輝かせて応じた。意気込むような瑞蓮の反応は、あきらかにこれまでのおざなりなものとはちがっていた。

「中将命婦のところに行きます」

「え？」

なにか訊かれるものと構えていた夕空は、間の抜けた声をあげる。かまわず瑞蓮は庭を迂回して東簀子に回った。胡靴を脱ぐ時間も惜しかったからだ。御簾が下りた東廂の中を見ることは叶わなかったが、おおよその位置に見当をつけて、高欄を握って呼びかける。

「中将命婦、いらっしゃいますか？」

何事かと他の関係のない女房が御簾の間から顔を出す。壺庭を挟んだ背後は清涼殿だから、女房達はもちろん公卿や、どうかしたら帝もいるのかもしれない。なに、かまうものか。瑞蓮の推察が当たっているのなら、中将に対する無責任な噂を解くよい機会である。

「中将命婦！」

繰り返して名を呼ぶと、やがて正面の御簾が持ち上がった。

予測をつけた場所は正しかった。持ち上げた御簾の下から顔を見せたのは、中将だった。

「杏林殿、いかがなさいました？」

瑞蓮は高欄越しにぐいっと身を乗り出した。背が高い瑞蓮にとって、ここを乗り越えることなど容易であったが、さすがにそれは非礼である。

「お尋ねしたいことがあります」

「は、はい⁉」

「水痘（水疱瘡）に罹ったことがありますか？」

とつぜんなにをとばかりの顔で、中将は瑞蓮を見た。しかし瑞蓮の勢いに気圧されたのか、ぎこちなく「ええ」と肯定する。

やはり――。

その瞬間、身体の中をなにか熱いものが駆け抜けた。

「ほんの子供の頃に。おかげで軽くすみました……」

「あなたの腕のかぶれ、怨霊などではありません」

瑞蓮は敢えて声を張った。まるで周りに聞かせるようなつもりで。

正直まだ確定できないのだが、ここは張ったりだ。怨霊の所為ではないことぐらい、最初から分かっているのだから。

御簾の間から顔を出した女房達。壺庭を囲む通路や、背後の清涼殿から人の視線をひしひしと感じる。謂れなき陰口に悩まされている中将のためには、御誂えむきの状況ではないか。

中将はまじまじと瑞蓮を見返した。

彼女の眸の奥には、失望と警戒の色が濃く浮かんでいる。恐怖と噂に左右されつづけた、これまでの半生が如実に伝わる。それでもその眸の中に、わずかな期待の色を瑞蓮は見つけたのだった。

「怨霊ではない？」

中将は言った。ある種の抵抗を試みるよう、自虐的な響きがあった。

しかし瑞蓮はひるまなかった。

「そうです」

応じながら、その場から中将の状態を確認する。声に肌、息遣いに喋り方。瞬時にあらゆる状態に神経を張り巡らせる。そう、丹波医官を見習えばよい。

一通りの目視を終え、手ごたえをつかむ。やはりそうだ。間違いない。

「怨霊ではないというのなら、私の腕はいったいなんだというのですか？」

「イラクサです」

迷いのない瑞蓮の答えに、中将は虚をつかれたような顔をする。言葉は分かっていても理解が追い付かないといった印象だ。

「私は刺草になど、触れておりませんが……」

「植物の刺草ではありません」

普通にイラクサと聞けば、植物の刺草を考えるだろう。この調子では、中将は夕餉の菜のことはまったく考えていないようだ。実際にあれは一切関係ない。

「中将命婦。あなたの症状は、イラクサ（帯状疱疹）によるものです」

イラクサとは、痛みと赤い発疹を主症状とする皮膚病である。

痛みの種類は個人差もあるが、おおむねピリピリとかチクチクと針で刺されるような、ないしは焼けるような等と表現される。痛みから少し遅れて、赤い発疹が身体の左右いずれかの片側に帯状に出現する。症状が刺草に触れたときに近しいことから、いつしかイラクサと呼ばれるようになった。

そしてイラクサの患者の十割が、水痘の罹患歴を持つ者だった。このあたりの関連性は正直分からない。水痘は爆発的な感染力と高い死亡率を持つ疫病だから、罹患して生存している者が少ない。よって症例も絶対数が少ないのだ。

しかし中将命婦は、水痘を乗りきっている。

そんな強運のあなたが、怨霊になどとり憑かれているはずがない。

そう伝えると、中将はうっすらと目に涙を浮かべていた。

「イラクサの初期症状を、蜂に刺されたものだと思ってしまったのですね」

得心(とくしん)したとばかりに、樹雨がしきりにうなずいていた。

安福殿で薬を調じていた瑞蓮のところに、桐壺北舎から樹雨が戻ってきた。

一昨日の後涼殿での瑞蓮と中将のやりとりは、その日のうちに御所中に広まっており、説明などしなくても樹雨は詳細を把握(はあく)していた。

「私も最初は分からなかったから、それは申し訳なかったわ。でも早いうちに気づけたのはよかった。イラクサは慢性化するとあとを引きやすいから」

「そうか。三日前の発症ならまだ裏まで達していないですよね」

樹雨が言う裏とは『裏証(りしょう)』の意味で、病の原因となる外邪(がいじゃ)が臓腑(ぞうふ)や血脈等の身体の奥深くに入った状態のことを言う。対して表面上に病変がある場合を『表証(ひょうしょう)』、その中間に属するものを『半表半裏証(はんひょうはんりしょう)』と言う。一般的に病が進むと病変は深い部分にもぐるとされている。

そこで瑞蓮は、表面にある外邪を取り除く作用を持つ、解表剤(げひょうざい)である葛根湯(かっこんとう)を処方した。幸いにして適応だったようで、服薬してまだ三日目だが、発疹も痛みもかなり軽減してきていた。

瑞蓮は量り終えた生薬(しょうやく)を、手早く麻布で包んだ。

「中将命婦の薬ですか？」

「そうよ。いまの感じなら、あと四日程服用してもらったら、あとは様子見でよさそうね」

「機嫌がいいですね」

からかうように樹雨が言うので、瑞蓮はひょいと肩をすくめた。

呪(のろ)いなどではない。

そう胸を張って言えることが、このうえなく誇らしかった。だから柄(がら)にもなく調子に乗って言ってしまった。

「菅公には負けないから」

瑞蓮のその発言に、樹雨は目をぱちくりさせた。素直でまっすぐな気質(たち)をそのまま表したような黒目がちの円(まる)い目が、まじまじと瑞蓮を見つめている。

ふと瑞蓮は、丹波医官が樹雨に告げた言葉を思いだした。

――病というものはどういうものか、どこかで考えていずれ腹をくらねば将来がきついぞ。

朱宮の治療にかんして色々思い悩んでいるであろう樹雨に、ちょっと調子に乗りすぎた一言だっただろうかと後悔しかけた。

ところが、である。

樹雨はふっと表情を和らげ、今度は眩しいものでも見るように目を細めた。

思いもよらぬ反応に、瑞蓮は戸惑う。どうしたのだろう？　少なくとも気を悪くしているわけではなさそうだが、なぜそんな眩し気な顔をするのか。

そのとき、御簾の外でこつりと板を打つ音がした。振り返ると簀子に束帯姿の男が立っていた。採光と御簾の所為で見にくいが、樹雨が着ているのと同じ緑色のように見えるが。

（ちょっと、ちがう？）

目を眇めたあと答えを求めるように樹雨を見ると、彼も怪訝な顔で御簾の先を見つめている。

「安瑞蓮」

男が呼びかけた。

とっさのことに瑞蓮は返事ができないでいたが、かまわず男は話をつづける。

「大典侍の命だ。すぐに承香殿に参れ」

「承香殿？」

聞き違えたのかと思い、問い返す声も自然と小さくなる。だからこそ聞こえなかったのか、男は自分が伝えるべきことだけを言うと、返事も待たずにくるりと踵を返して去っていった。

あとに残された瑞蓮は、ぽかんとして御簾のむこうを見つめていた。

なぜ大典侍が女官ではなく、男性官吏を遣いにむけたのか。僕のように無位の者ならまだ分かりもするが、緑の位袍を着ているのなら曲がりなりにも位を持つ者だ。その者に大典侍が遣いを命じたりするものだろうか？

首を傾げつつ、瑞蓮はぼやいた。

「そもそも承香殿って、どこよ？」

「麹塵袍……」

聞き慣れぬ単語を、樹雨がつぶやいた。

「はい？」

「い、いえ。なんでもありません」

怪訝な顔をする瑞蓮を前に、樹雨は話を逸らすように腰を浮かす。そうしてくるりと瑞蓮のほうをむいて言った。

「それより承香殿でしょう。案内しますから一緒に行きましょう」

第四話

延喜の帝の息子達

「そなたのおかげで、中将はすっかり元気になったぞ」

御簾を下ろした先で語る大典侍の口ぶりは、いつものようにからっと明るい。

樹雨に案内をされてはじめて訪れた承香殿は、仁寿殿の後背で後宮のほぼ中央に位置している。七殿の中では弘徽殿と並ぶ格の高い殿舎とされているが、現状で妃は住んでいない。今上の正式な妃が二人しかいないから、女主を迎えていない殿舎は多いのだ。

沓脱の前まで案内をすると、樹雨は「では、私は」と言って去っていった。瑞蓮は一人で承香殿の妻戸をくぐり、出迎えの女房に廂の間まで招き入れられた。

大典侍はいつものように母屋にいたが、殿舎がちがうこともあってその雰囲気は宣耀殿とは異なる。

母屋には大典侍の他に、幾人かの女房がいるようだった。衣擦れや充満する香の薫りでそれは分かるが、幾重にも立てられた几帳の陰に隠れて人数までは把握できなかった。

なぜ宣耀殿ではなく承香殿なのか？　そのことを訊くと、今日は方角が悪いの一言で片づけられた。瑞蓮には分からぬが、そういうこともあるのだろう。

中将の快癒を喜んだあと、大典侍はさらに話をつづけた。

「しかし、イラクサなどという病ははじめて聞いたぞ」

「あくまでも俗称ですから。症例数も少ないので、私も父から聞いていなければ思いだせなかったでしょう」

「さすが長安（中国の旧都）で仕事をしていただけある。たいした見識じゃ」

「お褒めにあずかりまして……」

「そなたの父は、博多に住んでいかほどになるのじゃ？」

「先の王朝（この場合は中国の唐）が辛うじて存続していたと聞きますから、四十年以上前のことになりましょう」

「さようか。それは大変であったな。母君もよく支えてさしあげたのであろう。ちなみにそなたの母君は――」

　とりとめもなくつづく大典侍の世間話に、瑞蓮はそろそろ不審を覚えはじめていた。これが他の者であれば、お喋り好きの者はこんなものだと割り切る。しかし大典侍はちがう。確かに彼女は朗らかで口数の多い人だが、その実、意味のない話はあまりしないのだ。

　ところがいまの大典侍の口からは、益体もない世間話がひたすら繰り出されている。渡廊での立ち話ならともかく、わざわざ呼び出してまでする必要があるとは思えない。

　途切れることのない大典侍の話に、はてどうしたものかと思い悩む。こうなるとなにか尋ねたいことがあるのではと疑うが、大典侍の気質からそんなことがあれば直接的に訊いてくる気もする。困惑しつつも瑞蓮は、なんとか相槌をうちつづけていた。

「父親譲りの知見ゆえに、そなたは中将に呪いではないと断言できたのだな」

　どうした話の流れからか、そんなことをしみじみと言われた。

　それにかんしては、ちょっとちがっている。中将の局に駆けつけた段階では、まだイラクサとは診断しきれていなかった。ただ呪いだとは、端から思っていなかっただけだ。

　しかしそんなことを口にしても、怨霊や呪いの類を信じている者達が大半を占める世では変人扱いをされるだけである。いくら瑞蓮でも、それぐらいの空気は読める。瑞蓮がその類のものを断固として否定するのは、治療に差し障りがあるときだけだ。

　ふいに、それまでだらだらと語りつづけていた大典侍が口を噤んだ。いよいよ本題かと、瑞蓮は身構えた。

ところが、である。大典侍は、檜扇を口許にあてつつ黙ったままでいる。意味のない話のタネもつき、場を持て余しているかのような気配に瑞蓮はいよいよ訝しさを募らせる。

「――それでな」

大典侍がふたたび切り出した。まだ話が続くのかと、心の底から驚いた。これはやはりなにかある。日頃の大典侍を知っているだけに、うんざりするよりも疑念のほうが強まる。

「そなた。今後もまた、あのような奇怪な病に遭遇したらいかがいたす？」

「診ますよ、もちろん。梨壺女御様からいただいた報酬が、まだ消化しきれておりませんから」

「怨霊の所為でもか？」

「前にも申し上げましたでしょう。だとしても、医師は治療をしないわけにはいきませんから」

苦笑交じりに瑞蓮が答えたときだった。

奥のほうからなにか物音がして、大典侍があわてて身体を捩った。幾重にも連なる几帳の先に目をむけている。声は聞こえないが、大典侍の反応から控えている女房がなにか話しかけているように見える。

やがて大典侍は姿勢を戻した。几帳のむこうから人が出てくる気配はない。しかし大典侍はかまわなかった。

「長居させたな」

「はい？」

事実だがあまりにも脈絡のない発言に、瑞蓮は目をぱちくりさせる。

「忙しいところを急に呼び出してすまなかった。もう戻ってよいぞ」

「……あの、なにかご用向きが？」

「それはいま済んだ。実は中将の様子をもっと聞きたかったのじゃ」

にしては、話がずいぶん逸れていなかったか？　博多に住む両親に加え、はては唐坊にまで話題が及んでいた。そのすべての話の内容に実はなく、ただただ瑞蓮を引き留めるために続けていたと思われてもしかたがない。加えて承香殿という場所からしても、まったく違和感しかない。

しかし大典侍がそう主張するのなら、ちがうでしょうとも言えない。もしかしたら内裏女房を監督する立場として、色々と把握しておきたいことがあったのかもしれない。

若干強引だとは思いつつも自身にそう言い含め、瑞蓮は腰を浮かした。そうして廂の間を数歩進んださい、得も言われぬ高雅な薫りが鼻を抜けていった。

普段は香になど興味を示さぬ瑞蓮でさえ、うっとりするほどの芳香だった。

女房の香だろうか？　だとしたら随分と趣味の良い者がいるものだ、などと感心しながら承香殿を出る。

そのまま安福殿に戻ると、樹雨が待っていた。

「まだ、いたの？」

「待っていました」

怪訝な顔をする瑞蓮の前で、樹雨がちらちらとあたりを見回す。そうやって人がいないことを確認したというのに、なおのこと声をひそめて告げた。

「ここを出るときは確信が持てなかったので言えなかったのですが、あのあと確認してきました。先ほど大典侍の命を伝えに来た方は、蔵人所の方です」

「蔵人所？」

「はい。先ほどの方が御召しになっていた衣は麴塵袍。帝の青色御袍と同じ色で本来ならば禁色ですが、極臈（六位蔵人の第一席）には勅許されております」

麴塵だとか極臈だとか、聞き覚えのない言葉に瑞蓮は軽く混乱する。そういえば後涼殿の南の建物が、蔵人所町屋という名前だった。しかし名称を聞いただけでは職掌まで分からない。

「蔵人所は新しい令外の官（令に記載されていない官職）ですが、帝の御側で御用を掌る重要な部署です」

聞いた瞬間は、そうなのかという感想しかなかった。そのあと、ではなぜ大典侍の遣いをしたのかという単純な疑問が浮かぶ。

「大典侍が瑞蓮さんを呼んだのは、どうやら帝の御意向のようです」

「え？」

「もっと直接的に言えば、あの場所に帝がいらしたそうです」

樹雨から告げられた言葉に耳を疑う。

「そんな馬鹿な……」

一笑に伏そうとして、あきらかに不審だった大典侍の態度を思いだす。しかも御簾のむこうには、これでもかとばかりに幾重にも几帳が置かれていた。あれだけ厳重に座を作ったのなら、それは相当に尊貴な方のための席である。

やたらと奥を気遣っていた大典侍。立ち去り際に鼻を抜けた、これまで嗅いだこともない高雅な薫り。思いだしてみれば、すべて合点がいく。

ああ、これは本当のことかもしれない。ここにきて、ようやく瑞蓮は信じる気になった。

「ど、どうして？」

「私にも分かりません」

間髪を容れずに答えたあと、樹雨は少し考えるように間をおいた。

「それが理由かどうかは存じませぬが、中将命婦に対して怨霊ではないと断言したことがだいぶ御心に響いたようだと、差次（六位蔵人の第二席）からお聞きしました」

意味が分からない。確かにあの発言は、周りに聞かせるつもりで敢えて声を張った。中将の病が怨霊の所為だという出鱈目を封じこめてやりたかったからだ。それが回りに回って帝の耳に入っていたとしても不思議ではない。いや、位置的に帝が直に聞いていた可能性もある。

いずれにしろ、その発言に帝が興味を示した。

「よもや菅公を怒らせた不届き者とか言われるんじゃ……」

「それはないですよ。菅公を罵ったわけでもなし。それに病であることをあきらかにしただけで、菅公からすれば瑞蓮さんは冤罪を晴らしてくれた恩人ですから」

大真面目に樹雨は言うが、いまさら冤罪のひとつやふたつを晴らしたからといって、どうなるものでもなかろう。瑞蓮からすれば菅公は、なにからなにまで彼の所為にされているという、死してもなお不遇で気の毒な人でしかない。そんなふうに菅公に同情しながらも、ふと冷静になる。

自分の容貌を考えれば、誰かの好奇心を刺激してあたり前ではないか。それが帝だったというのはありうる。立場上、弟の師の宮のようにあからさまなふるまいはできないから、陰でこっそりと見物したということだったかもしれない。

（なるほどね）

不安や動揺が一気に霧散して、瑞蓮は苦笑交じりに独りごちた。

「まあ、勘気に触れたわけでないのなら安心よ」

二日後、瑞蓮はふたたび御所に足を運んだ。かねてより樹雨と決めていた、朱宮への鍼治療の手法の確認を行う日だったのだ。しかも瑞蓮からその話を聞いた丹波医官が、その日ならば足を運んでくれると言ってくれたのだから、これはどうあっても遅れるわけにはいかなかった。

意気込みすぎたのか、なんと約束よりも半刻（一時間）も早く桐壺北舎に着いてしまった。だというのに、なんと沓脱では樹雨がすでに草鞋の紐を解いていた。

「早いのね」

「瑞蓮さんこそ」

二人の気持ちは同じだった。丹波医官にわざわざ足を運んでもらうのだから、待たせるようなことがあっては失礼にあたる。

「今日は暑かったでしょう」

七条の筑前守邸から来た瑞蓮を気遣ってか、心配そうに樹雨は言った。そう語る彼のこめかみにもうっすらと小粒の汗が浮かんでいる。卯月の晴れの昼時は、爽やかな日和だが長く動くと汗がにじみだす。

「少しね。こんな日に来ていただくなんて、丹波医官には申し訳ないわね」

丹波医官の家は、施薬院に近い九条にある。御所まではまあまあの距離だ。彼が施薬院に異動願いを出した気持ちも、これからもっと暑くなることを考えれば分かる気がする。

草鞋を脱いだ樹雨が奥に上がったので、瑞蓮は彼が座っていた簀子に腰を下ろして靴を脱ぎにかかった。この重い胡靴も、そろそろ替え時であろう。

今月に入ってから、日中はかなり気温が上がっている。この先は蒸し暑い梅雨を挟みつつ、日を重ねるごとに暑くなってゆくはずだ。

「約束までは、まだだいぶんあるわよね」

太陽の位置を見ながら、瑞蓮は漠然とした時をはかる。正確な刻限など、陰陽寮の漏刻（水時計）を見なければ分からないから、待ち合わせなどは来る方も待つ方も感覚に頼るところが大きい。

中に入って朱宮の様子を見ておこうかとも考えたが、丹波医官が来たときにちゃんと出迎えたい。はて、どうしたものかと悩んでいたとき、玉砂利を敷いた通路に師の宮が現れた。

卯月朔日の更衣のあとの直衣は、赤みの強い濃い二藍の単。袷の桜直衣の裏地に使う色と同じで、生地は透け感のある顕文紗文穀（穀紗）である。

予想外の人物。しかも嫌悪しかない相手の登場に、瑞蓮の顔は自然と強張る。あとで樹雨から聞いた話では、椿象に触れたときのような顔をしていたそうだ。この虫は触れると強烈な悪臭を放つ。

いっぽう師の宮は瑞蓮がいることを知っていたのか、気まずげについと視線を逸らしはしたが、驚いた様子は見せなかった。

あきらかにぎこちない空気を放つ二人を、樹雨は不思議そうに見比べる。御所ではなく自分の邸（やしき）で暮らす帥の宮の顔を、樹雨は知らなかったのだろう。袍の色で位は分かっても、はっきりと個人が特定できる装束（しょうぞく）をまとえる者は帝か上皇くらいだ。

それでも服装から高貴な者であることは一目瞭然（いちもくりょうぜん）なので、瑞蓮の不敵な態度に戸惑（とまど）っているようでもある。

あとで面倒な事態にならぬよう、帥の宮に対して儀礼的に頭を下げる。すると樹雨もならうように一礼する。だからといって帥の宮が、なにか慰労（いろう）の言葉をかけるわけでもない。かまわず瑞蓮は樹雨のほうをむいた。

「朱宮様のところに行きましょう」

「え、でも……」

「康頼（やすより）は、どこだ？」

帥の宮のだしぬけの問いに、樹雨は目をぱちくりさせた。それが丹波医官の名であるなどと、樹雨は知らぬはずだ。

「近頃どうもだるくてかなわぬ。すぐに康頼を呼んでまいれ」

「おられませぬよ」

そっけなく瑞蓮が答えると、帥の宮は少し声を大きくした。

「偽りを申すな。ここに来ると、家の者から聞いてきたのだぞ」

「おいでくださるとお約束はなさいました。ですから私達もこうしてお待ちしております。されど予定の刻限まで、まだ間があるというだけのことでございます」

木で鼻を括ったような物言いではあるが、嘘はひとつもついていない。

案の定、帥の宮はむっとした顔をしたが、かまわず瑞蓮は簀子に上がるためにふたたび靴を脱ぎにかかった。帥の宮に呼ばれて、手を止めざるを得なかったのである。

「ちょっと待て」

大きな声で呼び止められ、瑞蓮は渋々顔をあげる。

帥の宮はつかつかと近づいてきて、沓脱石の前に立った。

「そなた、安子に子ができるよう治療をしているそうだな」

それなりにあたりに響く声で、この男の無神経ぶりにとことんげんなりした。安子という大姫の名がどれほど世間に知られているのか定かではないが、帥の宮が口にしたことで、普通は二人の妃の内のどちらかの姫君を連想するだろう。それを不妊の治療などと、あまり公にはしたくないことを大声で。

(この人、ほんとに馬鹿なの?)

忌々しい思いを噛みしめながら、あらためて尋ねる。

「大姫様が、そう仰せでしたか？」

「いや、遣いの者から聞いた」

それはそうだろう。

実は昨日、再診のために大姫を訪ねていたのだ。経過は比較的良好だった。それは単純に喜ばしいことだが、そのとき朱華から、帥の宮が土器を投げつけられた日から来ていない旨を聞かされていたのだ。ならば大姫が自身の治療にかんして、帥の宮に話せるはずがない。

「では、大姫様に直接お尋ねください。私の口からむやみに申すわけにはまいりません」

「無駄なことだ」

嘲るような物言いに、瑞蓮はむっとなった。

「どうせ私達には子などできぬ。できたとしても――」

そこで帥の宮はいったん言葉を切り、ぐっと顔を逸らした。つんとした形の良い顎先は、桐壺北舎の建物を示していた。

「あのような子であれば、どうするのだ」

瑞蓮は噴き出しそうになる怒りを呑みこむため、ゆっくりと息を吸った。

言い知れぬ様々な感情が、腹の中でふつふつとわき立っている。それらをぶちまけてしまわないように、今度はぐっと息を詰める。

自身の内側に溜めこんだその感情が、単純に師の宮に対する怒りだけでないことは承知していた。もしも彼への怒りだけであれば、相手の身分も無視して反論のひとつやふたつはしてしまっていたかもしれない。

あのような子であれば、どうするのだ——その問いに毅然とした答えを持たぬ者には、純粋な感情で怒る資格はない。

瑞蓮が接しているかぎり、朱宮は愛らしく利発な子供だ。その見た目のよさは、蛭子の皇子という衝撃的な呼び名とは相容れない。だからこの子に接する者はあんがい深刻にならない。

四歳という年齢だから、いまはそれで済んでいる。

けれどこれから齢を重ねてゆくにつれ、そこまで生きられるかどうかも定かではないが、十四、五歳、あるいは二十歳を超えたときに、はたして周りはいまのように彼に接することができるだろうか？　なにより、なまじ人よりも聡い朱宮が、自身の身体状況をどう受け止めるのか。

——あのような子であれば、どうするのだ。

その問いに対して、どのような子でも天からの授かり子であるから問題はない、そう胸を張って応えられぬかぎり、瑞蓮には怒る資格がない。

そしてそう答える権利があるのは、わが子にかんする苦労も苦悩もすべてを背負う覚悟を決めた親のみである。ちょっとかかわっただけの他人にすぎない瑞蓮が、それを口にするのは僭越でしかない。

押し黙った瑞蓮に、帥の宮は得意気な顔をする。幼児の足を引っかけて転ばせて薄笑いを浮かべる、底意地の悪い少年のような目をしていた。

やがてその子供じみた眼差しが、隣の樹雨へと動く。そのときになって瑞蓮ははじめて樹雨の反応を見る余裕ができた。朱宮の存在を根底から否定する言葉に、この純粋な若者はどんな憤りを抱いているのだろう。

おそるおそる目をむけた瑞蓮は、ぎょっとした。

そのときの樹雨の眸の奥に浮かんでいたものは、どういうわけなのか侮蔑を伴わない哀れみだった。

帥の宮は目を眇めたあと、樹雨からむけられる眼差しにひるんだように身を硬くした。今日にかぎらず樹雨の眸は常に、その精神を映し出したような透徹した光が湛えられている。

　だがいまは、そこに哀れみが重なっていた。

「……誰だ、そなた」

　押し殺した声の誰何に、樹雨は目をぱちくりさせる。この反応から、哀れみの眼差しは意図したものではなかったようだ。

　だからといって朱宮への悪態を聞いたあとでは、いかに樹雨とはいえ愛想よくふるまえるわけもない。しかもいまのところ樹雨は、帥の宮の正体を知らない。いきなりこんな喧嘩腰に出られては、いくら貴人相手でも警戒するのがとうぜんだった。

「私は典薬寮の医官で、和気樹雨と申します。朱宮様のお世話を仰せつかっております」

　朱宮の世話というところで、帥の宮は表情をいっそう険しくする。先程の自身の言動を考えれば、朱宮の担当医だと名乗る者に調子よくふるまえるわけもない。

　帥の宮は樹雨の頭から足先までを、まるで値踏みでもするように眺め、やがてふてぶてしく鼻を鳴らした。

「貧乏くじを引かされたな」

樹雨は即答しなかった。どういう意味だと問い返すつもりもないらしい。ここまでの帥の宮の言動を思いだせば、そんなことは訊かずとも想像がつく。

「その歳周りからして、大方典薬寮の上役達に押しつけられたのだろう。確かに桐壺にかかわったところで、役人として得などひとつもないからな。まったく計算高い古狸共だよ」

帥の宮は毒を吐いた。典薬寮に対する並々ならぬ悪意は感じるが、言っていることは当たっている。世間的に秘された存在である朱宮の治療を、新人医官の樹雨は一人で任されている。召人が産んだ身体の不自由な皇子の世話などしても、医官という役人にはなんのうまみもないという理由で。

計算高い古狸という表現も、その状況を察してのものだろう。してみると帥の宮が施薬院所属の丹波医官に頼るのは、典薬寮に対する不信があるからなのかもしれない。

帥の宮の放言を黙って聞いていた樹雨は、やがておもむろに答えた。

「ですが、やりがいはありますよ」

瑞蓮は目を円くした。

負け惜しみでも苦し紛れの発言でもない。そもそも樹雨の性格を考えれば、そんな喧嘩を売るような真似をするはずもなかった。

帥の宮は眉間にしわを刻んだ。

「ほう。では、いずれあの子が鬼遊びでもできるようになるというのか？」

「さようなことを、申し上げたわけではございません」

そこで樹雨は、わざとらしく背後にある殿舎に目をむけた。ここで大きな声をあげては、やりとりが朱宮や女房達に聞かれてしまう。であれば内容には気をつけるべきだと遠回しに示唆したのだった。

帥の宮は樹雨の思惑に気づき、ぷいっとそっぽをむく。

軽薄で子供じみた青年だが、血も涙もない悪人ではないようだ。朱宮の将来の展望を、本人や女房達に聞かれたところで自分は痛くも痒くもないと開き直る人間であれば、瑞蓮と樹雨のほうが場所を移らねばならなかった。

ややおいて、帥の宮は少し声を落とした。

「そうだろう。いまさらあの子が立ち歩くなどと、とうてい考えられまい。その治療にいったいなんの意義がある？」

腹立たしいし、それ以上に酷ではあるが、指摘には一理があった。

朱宮の症状は先天の腎精の不足からくるもので、いまさら医術で補えるものではない。治療方針は丹波医官が言ったように、後天の精を補うことでいかに進行を遅らせられるか、あるいはわずかに存在する先天の精をどれだけ効率よく機能させられるかになってくる。

そこに医師としてのやりがいはあろう。

しかしそれは、患者やその家族が望む形ではないのかもしれない。

四歳の朱宮自身は、床擦れの痛みや皮膚の痒みなどの苦痛を取り除くことである程度満足を得られている。しかし両親からしてみれば——父である帝の意向は分からぬが——母である桐壺御息所は、つい最近まで朱宮が正常な成長を取り戻すことに固執していた。近頃はなんとか落ちつきを取り戻したが、彼女の望みに医術は応えられない。

その治療になんの意義がある？

医術の根幹を揺るがすその問いに、樹雨は即答しなかった。できなかったのだろうが、それでも彼の表情は落ちつきを保っていた。それが癇に障ったのか、帥の宮はいらだったように舌を鳴らす。

「まったく。あの子が生まれた所為で、兄上がどれほど苦悩なされたか……」

瑞蓮は眉をひそめる。よもやこの親王は、私の心を読んだのではあるまいか。いままさに瑞蓮は、朱宮の両親の心境を考えていたところだった。母親の心境はおおよそ想像ができるが、父である帝の気持ちは分からない。先帝の第十四皇子である帥の宮に兄は複数存在するが、話の流れからして今上のことを言っているとしか考えられない。

そうか。やはり心痛とはなっていたのか。

朱宮の話を聞くかぎり、今上はわが子に愛情を示してはいるようだった。だからこそ父として子を不憫(ふびん)に思うし、心を痛めもする。桐壺御息所も、母として思い悩むあまり精神の均衡(きんこう)を崩しかけていた。

帥の宮は、ぐいっと樹雨に詰め寄った。

「あの子の病は、菅公の怨霊によるものだろう」

問いなのか、同意を求めているのか分からぬ不思議な口調だった。

同胞(はらから)の兄と甥(おい)、そして父親にふりかかった禍(わざわい)を思えば、帥の宮が朱宮の病をそのように受け止める気持ちは理解できる。中将命婦といい、当事者である彼等の恐怖は、余人には理解しがたいものがあるのだろう。

そうやって考えてみると、帥の宮のここまでの言動はすべて合点がゆくのだ。

怨霊の所為で、どうせ自分も子には恵まれない。できたとしても、朱宮のようなどこかに不自由がある子かもしれない。そんな不安を抱きながらでは、妃との関係を持つことに気が進まなくてもとうぜんだった。

　ここぞとばかり、帥の宮は吐き捨てる。

「呪いなのだから、医者がいくら治療をしたところで無駄なことだ。どのみち生きていたところで、人の心痛の種にしかならぬ。なあ、そんな子だぞ」

「個人の生命の質は、他人が決めることではありません」

　迷いなく樹雨が告げた言葉に、瑞蓮は後頭部を殴られたような気がした。

　樹雨はひるむことなく、さりとて威圧するでもない静かで揺るぎないたたずまいを放っていた。

「身体髪膚のどこかに瑕疵があったとしても、この世に誕生したからにはその生命はその方のものです」

「世にとって煩いにしかならぬ子であってもか？　市井であれば、あのような子はとっくに捨てられているぞ」

　帥の宮の反論が事実だというのは、瑞蓮とて承知している。

　そこまではなくとも、市井では御所のような手厚い看護はとうてい受けられない。親も兄弟も自分が食べていくことだけで精一杯で、顧みる余裕もない。市井において朱宮のような子供は、栄養失調か床擦れが悪化するかして衰弱死するのが大方だった。煩いにしかならぬというのは、功利面だけを考えれば正しいのかもしれない。けれど——。

「個々の生命の質は他人が決めることではないと、先ほど申し上げました」

揺るぎのない樹雨の反論に、師の宮の眉がぴくりと跳ね上がった。

「ゆえに市井の子がどうであるか、世間一般論、あるいは怨霊の有無も関係はありませぬ。少なくとも私は医師として患者を任せられた。ならばそれ以上はとやかく考える必要はございません。ただ医師としての務めを果たすのみでございます」

毅然とした樹雨の態度に、師の宮はぐっと指を握りしめた。

親の心痛。世間の負担。加えて何十年にもわたって消えない怨霊の影響。師の宮が指摘してきたあらゆる負の要素をすべて呑みこんだうえで、樹雨は朱宮の治療の意義を確信している。

師の宮の白い拳が、小刻みに震えはじめていた。

樹雨はその様子を一瞥し、しごく小さな溜息を交えて言った。

「これはあくまでも私の意見です。もしもあなた様にその御覚悟がなかったとしても、私がとやかく申し上げることではございません」

つまり師の宮がわが子を拒絶するような親となっても、それは医師として関与できぬことだと言っているのだ。実際そのような親が数多く存在するから、捨て子や子殺しはあとを絶たない。

そうだな。それしかないだろう。

ほろ苦い気持ちを残しつつも、瑞蓮は納得した。

この世のすべての病人に、平等に治療にあたることなどできない。治療代を払えぬ者に無償の奉仕などできないと、瑞蓮はそこそこの臨床経験の間に割り切っていた。良心からの過度な自己犠牲は、医師個人の身を破綻させかねないからだ。

しかし医官となって間がない年若い樹雨には、その危うさが常に付きまとっていた。丹波医官の指摘を待つまでもなく、彼と出会った直後から瑞蓮はその不安を抱くようになっていた。

だというのに——わずかひと月余りで、いかにしてこれほどたくましくなったのか。

「とうぜんだ！　お前にそんな権利があってたまるか」

師の宮は声を荒らげ、ぎっと樹雨をにらみつけた。

そのあとなにか言ってくるかと思ったが、無言のまま、しかし憤然と立ち去っていった。一度も立ち止まらなかったところをみると、丹波医官に会いに来たことはもう忘れてしまっているようだ。

（大丈夫かな？）

大嫌いな相手だが、瑞蓮には気がかりがあった。施薬院で会ったときからずっと気になっていたが、丹波医官が黙っていたので気づかぬふりをしていた。

けれどどうにも腹立たしくて、大姫には伝えに行ったのだ。

子ができぬのは、あなた一人の所為ではないと。帥の宮の許可を得ないままだったので、具体的なことはなにひとつ言えなかったけれど。

気持ちを切り替えて樹雨のほうを見ると、彼は帥の宮が消えていった方向をじっと見つめていた。その目にはなにか懸念するような色が浮かんでいる。

やがて樹雨は独りごちるようにつぶやいた。

「あの御方、どこかお悪いのではないのでしょうか？」

それからしばしの時が過ぎた。

瑞蓮と樹雨は、北舎の簀子に座って丹波医官の訪れを待っていた。

日差しはじりじりと強くなっているが、軒端の下なら若葉の香りを含んだ外気が心地よかった。

「帥の宮様は、結局お帰りになったのですかね」

ぽつりと樹雨が漏らした。先程の青年が次期東宮の帥の宮だと説明はしたが、樹雨は〝そうだったのですか〟という程度の反応しか示さなかった。兄上という今上の話題が出たところで、おおよその察しはついていただろう。

「具合は大丈夫ですかね」

樹雨の問いに瑞蓮は渋い顔をする。立腹して去ってしまった相手など知ったことかと言いたいが、医師としてはやはり気になるところだ。

「あとからでも施薬院か、丹波医官のご自宅に行くんじゃない」

「ご身分からしたら、丹波医官をご自宅に呼び出されるのではないですか？」

樹雨の指摘になるほどと思った。これまで会った二回とも、帥の宮が丹波医官を訪ねたところだったのでそんなことを口にしてしまったが、立場を考えれば樹雨の言うほうが道理である。

瑞蓮は、軒端から差し込んでくるまばゆい日の光に目を眇めた。

「この暑さの中でそんなにあちこちに呼び出されたら、丹波医官も暑気あたりを起こすわよ」

「そうですね。まあ、急を要するような感じではないみたいですけど」

少し前に瑞蓮と樹雨に憎まれ口を叩いていた帥の宮の姿は、確かに急な治療を必要とする人には見えなかった。身分もずっと低く、すごみもしていない樹雨の静かな気迫に押されきってはいたけれど——。

「和気医官」

思いきって瑞蓮は呼びかけた。

こちらをむいた樹雨に、一拍おいてから尋ねた。

「朱宮様の治療にかんして、帥の宮様に話していたでしょう」

とっさにはぴんとこなかったのか、樹雨は小首を傾げた。だがすぐに察したようで〝ああ〟とうなずく。生命の質は他人が決めることではない——そう樹雨は断言した。

医師の務めは、目の前の生命を救うことだ。

世が、あるいは親がいらぬ生命としたところで、医師にとっては他と比べようのないひとつの生命である。たとえのちに何者かの手で蛭子のように川に流される運命だったとしても、あるいはなんらかの重罪を犯して死罪に処せられる者だったとしても、それはそのあとの話である。

生命の価値を他人が量ることは、増長以外のなにものでもない。

すべての生命は等しい。それ以下でもそれ以上でもない。

目の前の生命に、治らぬ病の朱宮の治療にむきあうため、樹雨はその結論にたどりついたのだ。

「そんなふうに、いつから考えるようになったの？」

「つい、最近です」

樹雨は即答した。

「この間、丹波医官から言われたでしょう。いまぐらいから考えないと、あとがきついと」

あのときの瑞蓮は、樹雨があまりにも純粋であるがゆえにこの先に生じるであろう心の負担を危惧していた。あたかもその懸念を察したかのように、丹波医官は樹雨に意見したのだった。

「だから考えてみたんです。それで、漠然とだけどそうじゃないのかって」

「うん」

独り言のような樹雨の説明に、瑞蓮は静かに相槌をうった。

「もしかしたら、また変わるかもしれませんけど」

「そうね」

経験を積み、歳を取れば、若いときの価値観は転換を余儀なくされることもあるだろう。その度に、よくも悪くも心とは強くなるものだ。

眩しい。

無意識のうちに微笑みを浮かべる瑞蓮に、樹雨は目を瞬かせてからうっすらと頬を赤らめた。

「早く来たせいで、変なことになってしまいましたね」

少し焦ったように樹雨が言ったときだった。

ばたばたと音をたてて、一人の女房が簀子を駆けてきた。沓脱のところに並ぶ瑞蓮達を見ると、大袈裟ではなく髪を振り乱して走り寄ってきた。

「あ、あの丹波医官は?」

息を切らしつつ女房は言う。見慣れぬ顔だが、丹波医官が来ることを知っていたのなら桐壺の者なのだろう。此処に仕える者の顔は、だいたい見知っていると思っていたのだが。

「まだ、お出ではありませんよ」

樹雨の返答に女房は「そんな……」と呻くように声を漏らした。瑞蓮と樹雨は目を見合わせる。

「どうかなされたのですか？」

人の好い樹雨が尋ねたが、女房は小刻みに身を震わせるだけで返事もしない。ひどく混乱しているのは分かった。

「なにかあったのですか？」

今度は瑞蓮が、少し声を大きくして言った。責めるつもりではなかったが、そうでもしなければ、この女房が落ちつきを取り戻せない気がしたからだ。

女房はびくりと身体を揺らし、改めて瑞蓮と樹雨の顔を交互に見比べる。しばしの逡巡のあと、思いきったように口を開いた。

「あの、あなた様は女医でしたよね」

「ええ」

「一緒に来ていただけませんか？　病人がいるのです」

詰め寄られた瑞蓮は、反射的に一歩後じさろうとした。しかしその前に、ぐっと二の腕をつかまれた。

「お願いです。侍医達の耳には入れるなと」

そんなことを言われても、いま隣にいる樹雨は典薬寮の医官なのだが。

侍医は典薬寮所属だから、樹雨の胸ひとつで筒抜けになる。とはいえここでそんなことを言えば、せっかく落ちつきを取り戻しつつある女房が、また動揺してしまう。樹雨とは目配せをかわして、ひとまず黙すことに同意しあう。いずれにしろ病人が出たというのなら、まずは足を運ばぬわけにはいかない。侍医の耳には入れるなとは、訳ありの臭いがプンプンするが。

「分かりました。どちらですか？」

「雷鳴壺です」

あまり聞き覚えのない名称に、瑞蓮は怪訝な顔をした。察したのか、樹雨が耳元で囁く。

「西の最奥にある殿舎です」

そういえば登花殿の先に、もうひとつ殿舎があった。桐壺の北舎から後涼殿にむかうときに見かけていた。

「なんだって、あんな場所に……」

ぼそりと瑞蓮は言った。単純な疑問という感じで、なにかを追及するような物言いではなかった。しかし女房はおびえたように身をすくめる。ますます胡散臭いと思ったが、病人がいると言うのなら躊躇もしていられない。

「この人も医師です。なにかがあったときのために一緒に来てもらいます」

可否(かひ)を問うのではなくそれが条件のようにして告げると、観念したのか女房はあまり抵抗することもなくうなずいた。官服姿の者が御所内で医師を名乗るなら、普通に考えて典薬寮の医官である。

「雷鳴壺なら、庭から行ったほうが早い。私達はそちらから行きましょう」

樹雨の提案に、女房は不安気な顔をする。面倒な気配を察知して、このまま逃げられてしまう可能性もある。病人を待たせている身としては、なんとしても自(みずか)ら連れて帰りたいところであろう。

「あなたについて私達が雷鳴壺まで歩いていったら、御所中の方々の目に触れますよ」

樹雨の指摘に、女房は口許(くちもと)を手で押さえた。あとから聞いた話では、桐壺北舎から雷鳴壺までを簀子や渡殿を使ってゆくとけっこうな迂回路(うかいろ)になるそうだ。それでなくとも飛びぬけて目立つ瑞蓮がそんなことをすれば、たちまち人の口端(くちは)に上る。

その点、庭を突き抜ければ、桐壺北舎から雷鳴壺までは一直線である。

観念したらしく、女房は渋々(しぶしぶ)ながら承諾して戻っていった。雷鳴壺で待ち合わせるという約束をした上で。

沓脱から庭に下りると、瑞蓮と樹雨は内郭（うちぐるわ）沿いに庭を突っ切った。

内裏の東西の長さは七十三丈（じょう）（約二百二十メートル）だから、双方の殿舎の距離はそれよりも短い。あっという間の距離で、その間には顔見知りの僕（しもべ）一人とすれ違ったぐらいだった。

三つの殿舎を横目に進むと、突き当たりに雷鳴壺が見えてきた。

立蔀（たてじとみ）をくぐって壺庭（つぼにわ）に入ると、晩春から初夏にかけての花々が色とりどりに咲いていた。黄金色（こがねいろ）の山吹（やまぶき）に、白や薄紅（うすくれない）の躑躅（つつじ）。柳や五葉松（ごようまつ）の木々が青々とした若葉を茂らせている。庭を奥へと進むと、他の物に比べてややこぢんまりとした印象の殿舎があった。

「まだ、いらしていないようですね」

あたりをぐるりと見回しつつ樹雨が言った。簀子はもちろん梅壺との渡殿にも、先程の女房は見あたらなかった。彼女がたどる経路を考えれば、瑞蓮達が先に着くのはとうぜんだった。

「こちらの殿舎は、どなたかが賜（たまわ）っておられる場所ではないの？」

「確かどなたもお住まいではないはずです。たまに宿直所（とのいじょ）として使われているようですけど、普段は無人かと」

「え？　じゃあ病人は一人で中にいるの？」

　その瑞蓮の発言に、樹雨は簀子へと駆け寄った。草鞋を脱ぎ捨てるようにして上がると、そのまま妻戸の中に押し入る。瑞蓮も後を追うが、胡靴を脱ぐのに手間取ってしまった。ようやく簀子に上がったとき、中から樹雨の呼ぶ声がした。

「瑞蓮さん、早く来てください！」

　緊張感のある声に急いで妻戸を押し開く。廂を少し進むと、御簾を隔てた母屋にしゃがみこんだ樹雨がいた。

「どうしたの？」

　御簾の間から入りこむと、畳の上に誰かが倒れていた。樹雨はその人物の状態を確認しているのだった。手伝おうと隣に腰を下ろした瑞蓮は、唖然とする。

　右頬を畳につけるようにして倒れていたのは、帥の宮だった。

　瞼を閉ざし、緩く開いた唇からは荒い息が漏れている。

「宮様！　しっかりなさってください」

　肩を揺すりながらの樹雨の呼びかけに、帥の宮はうっすらと目をあけた。意識はある。その目は瑞蓮と樹雨を捉えたようだったが、のろのろと唇を動かすだけで言葉は出てこない。

瑞蓮は帥の宮の状態を目視する。額や頬に玉のような汗が浮かんでいる。確かに今日は動けば汗ばむほどの陽気だが、屋内でこれほど汗をかくものだろうか？

疑問に思った直後、脈を診ていた樹雨が指摘した。

「暑さで陰液が消耗したのでは……」

「それだわ」

瑞蓮は言った。陰液が消耗して重症化することを『亡陰』と言う。熱性の外邪によって身体の気、血、水が著しく消耗した状態である。高熱を出したときや、真夏で気温があまりにも高くて大量の汗をかいたときに生じやすい。

しかしいかに日和が良いとはいえ、まだ卯月初め。亡陰となるほどの陽気ではない。だというのにこんな事態になってしまったのは――。

「水を持ってきます」

「塩も忘れないで」

立ち上がった樹雨に、瑞蓮は素早く付けたす。樹雨はこくりとうなずき、御簾を撥ね上げるようにして出ていった。

入れ違いに母屋に入ってきたのは、先ほどの女房だった。先ほどまで樹雨がいた場所に膝をつき、不安げな面持ちで「ああ、宮様」と声を震わせた。

「大丈夫でしょうか。とつぜんお倒れになられて」

「情交のさなかにですか」

冷たい物言いにはならなかったと思う。しかし呆れ果てているという本音は隠しようがなかった。

樹雨が気づいたかどうかは定かではないが、眼下の帥の宮と目の前の女房の姿を見比べればおおよそ見当がつく。

乱れた髪や襟元は走ってきたからかと思っていたが、よくよく見れば小腰（裳の紐の部分）の結び方も雑だった。なにより畳の上の帥の宮の直衣は、首上が外れて前が開いていた。その下につけた単の襟元もぐちゃぐちゃに乱れている。

男女が人気のない場所で二人きり、しかもこんな格好でいたのなら、なにをしていたのかなど子供でもないかぎり見当はつく。加えて瑞蓮が呆れたことは、目の前の女房が過日、宣耀殿の前で口説かれていた女房とは別人だったことだ。

別に瑞蓮が怒るようなことではない。女房のほうとて、次期東宮の親王に言い寄られたら、なかなか否とは言えない。助けを呼びに来たことを考えても、無理矢理強いられたわけでもなかったのだろう。なんといっても帥の宮は若く、しかもなかなかの美男子である。

ません」

「倒れるまでの経緯だけ教えてもらえれば、あとはお話しいただかなくてもかまい

「あ、あの……」

しどろもどろになる女房に、瑞蓮は素っ気なく言った。

女房は拍子抜けした顔をしたあと、気を取り直して経緯を話した。

帥の宮とは以前より男女の仲であったが、今日にかぎってはひどくイライラして

おり半ば強引に誘われたのだという。昼の日中というのはさすがに抵抗があったの

だが強く乞われて仕方なく、などとどこか得意気に女房は語った。彼女の頭の中に

は、宣耀殿で帥の宮に口説かれていたあの女房の姿があるのかもしれない。

(そもそも昼夜ではなく、仕事中というほうが問題でしょうに)

しかしそんな意見をする立場にはないし、するつもりも毛頭ない。

そのまま人気のない雷鳴壺に移動し、事に及ぼうとしてすぐに倒れてしまったと

いうことだった。

帥の宮がイライラしていた理由は、樹雨とのやりとりの所為だろう。もちろん樹

雨に非があるはずもない。

だからといって、見捨てるわけにはいかない。

医師の務めは、目の前の生命を救うこと。

「しっかりしてください！」

朦朧とする帥の宮に、色々な意味をこめて瑞蓮は声を大きくした。

樹雨が持ってきた水を飲ませると、ほどなくして帥の宮は小康を得た。ただの水ではなく、少量の塩を混ぜたものである。脱水を起こしたときはこちらのほうが効果的だった。

瑞蓮と樹雨はむきあって、左右の枕元で帥の宮の容態を見守っていた。息遣いも顔色も目に見えて落ちついていたが、まだ覚醒はしていない。

ちなみに先ほどの女房は、水を持ってきた樹雨と入れ替わりに雷鳴壺を出ていってしまった。そのさい大典侍と、なにより大納言達には内密にしてくれと懇願された。帥の宮とはただの火遊びで、深入りするつもりはないようだ。

さもありなん。いかに高貴な人の寵愛を受けたところで、自身の身分が低ければ母子ともに軽んじられるのがこの国の後宮である。桐壺御息所などその典型だ。唐土の後宮のように、身分の低い女が帝の寵愛を得たことで栄華を極めるような夢物語は存在しない。

それに下手に帥の宮に入れこまれたりしては、関白家からにらまれることにもなりかねない。だったら面倒事に巻きこまれる前に手を引くのが得策だと、倒れた男を前にそんな計算が働いたのだろう。

「賢いわね」

皮肉交じりの瑞蓮の独り言に、樹雨は怪訝な顔をした。

あの女房が薄情だとは思わない。そもそも二人の妻を持つ男が三番目の、しかも妻に迎えるつもりもない女に、誠実な愛を求める権利などない。

「もう心配はなさそうですね」

帥の宮の顔を見下ろし、ほっとしたように樹雨が言った。あいにく瑞蓮は彼ほど善良ではないので、ついつい憎まれ口を言ってしまう。

「これからどんどん暑くなるのに、こんなことをしていたら又倒れるわよ」

「……この方、腎虚ですよね」

樹雨の言葉に瑞蓮はうなずいた。

腎虚——文字通り腎の機能が衰えた病態だ。

腎は蔵精作用の他に、水液代謝を調整する主水作用をも併せ持つ。よってこの機能が衰えると、容易に脱水を起こしやすい。今日のこの程度の暑さで倒れてしまったのも、その所為であろう。

証だけ言えば、朱宮と同じである。しかし朱宮のような症状の場合、生まれつき持つ腎精が極端に少ない先天的な腎虚である可能性が高い。

対して成人の帥の宮の場合、腎の消耗が著しい、もしくはうまく補充されないという後天的な腎虚となる。先天の腎精は成長に従い消耗されるので、食べ物等からの補充が不可欠となる。

加齢による腎の衰えは人として正常なことだが、十九歳の帥の宮にそれが目立つのは異常なことだ。彼の年齢にそぐわぬ若白髪や皮膚の乾燥、るい痩も腎虚の証だったのだ。

「まったく、大姫の苦労も知らないで……」

樹雨には聞こえないよう、瑞蓮はぼそっと漏らした。

腎虚のもうひとつの大きな問題――それは、いわゆる子種が乏しい状態となってしまうことだった。

施薬院で会ったときに帥の宮の腎虚の気を見た瑞蓮は、不妊の原因が夫婦双方にあることを確信した。加えてしきりに養生を勧めていたことも併せて考えれば、おそらく丹波医官も気づいているのだろうと思った。

腎精を過度に消耗させる原因として、不摂生な生活と房事過多があげられる。

つまり、そういうことだ。

医師がいくら促しても、成人が生活を見直すというのは、本人がその気にならねばどうにもならない。まして子ができぬ理由を妃だけの所為にしているような男にそれを伝えたところで、一蹴されるのは目に見えている。

瑞蓮には帥の宮を説得するつもりも、彼を治療するつもりもない。されども大姫ばかりが苦しむ姿は見ていられない。大姫の血虚に改善の兆しがあるだけになおさら腹立たしい。

「どうしましょう、このあと？」

樹雨の問いに、現実を取り戻す。

脱水が改善したからといって、一人置いて帰るわけにもいかない。もうしばらくは誰か付き添いが必要だ。こうなると先ほどの女房を帰すのではなかったという気にもなる。

本来であれば次期東宮ともなれば、地位の高い医官が請け負うものだ。だから彼等を呼び出すという手もある。侍医には知らせるなという帥の宮の要求は、瑞蓮達が直接聞いたわけでもなし、必ずしも呑まねばならぬものではない。

　さりとてその必要もないのに、わざわざ報せに行くのも意地が悪い。帥の宮の従僕が近くにいそうなものだが、あいにく付近には見当たらない。察するに情事に遠慮して遠ざかったのか。

　どうしたものかと考えたあと、ふと瑞蓮は思いつく。

「大典侍に伝えてきましょうか？」

「ああ、それがいいですね」

　瑞蓮の提案に、樹雨がほっとした顔で同意したのだが――。

「ならぬ」

　低く押し殺した声に、瑞蓮はぎょっとして目をむける。

　いつのまにか帥の宮が目を開けていた。瑞蓮と樹雨の顔を交互に見たあと、屋根裏の梁をにらむようにして言う。

「そんなことをしたら、母上や兄上に知られてしまうではないか」

　幼児か、お前は？

　危うく口から滑りそうになった放言を、喉の奥に押しこむ。

　帥の宮はくるりと首を回し、樹雨のほうを見た。

「そなた、上官には知らせるでないぞ」

「……承知いたしました」

いったん素直に承諾したあと、遠慮がちに樹雨は言った。

「ですがきちんと治療をなさらないと、これからの季節はまた同じことで倒れられるやもしれませぬ」

「知っている。康頼にも言われた」

ぷいと顔を戻して帥の宮は言うが、丹波医官の下の名を知らぬ樹雨は首を傾げている。

「丹波医官のことよ」

見兼ねて瑞蓮が教えると、樹雨は〝ああ〟と相槌をうった。

大典侍は駄目(だめ)。侍医も呼ぶな。女房も従僕も間近にいない。さりとて置いて帰るわけにもいかぬのなら、こちらとしてはここにいるしかないのか？

（まったく、人騒がせな）

瑞蓮は心の中で悪態をつく。帥の宮に対して、言いたいことや訊きたいことは山のようにある。しかし彼の身分を考えると、それもできない。

いらいらする瑞蓮の前で、樹雨が静かに口を開いた。

「それほど信頼を置かれている丹波医官のご進言をお聞き入れられぬのには、なにか理由があるのですか？」

瑞蓮は呆気に取られて樹雨を見た。

直截的な問いには、責めるでもなく、かといって媚びたふうもなかった。

帥の宮はじろりと樹雨をにらみ、やがてゆっくりと身体を起こした。途中で眩暈でもしたのかぎゅっと目をつむったが、すぐに整ったようだった。

帥の宮はひとつ息をつくと、身体ごと樹雨のほうにむいた。樹雨は瞬きをして帥の宮を見返す。

緊張した気配を察した瑞蓮は、樹雨と帥の宮の双方の顔が見える場所へと下がった。三人の位置は、ちょうど三角形をつくる形になった。

「なぜ、私を助けた？」

怪訝な顔をする樹雨に、帥の宮はさらに詰め寄る。

「私は先程、そなたを挑発したばかりだ。不快だっただろう。なのになぜ？」

自らの非を開き直ったように語る帥の宮の神経が、瑞蓮は理解できない。大人であれば、そこは『さっきはあんなことを言ったのに、助けてくれてありがとう』で終わらせせろと思う。

（ほんと、幼児かこの人は？）

　帥の宮の問いを聞いた樹雨は、かえって意味の分からぬ顔になった。樹雨のような素直な人間からすれば、帥の宮の鬱屈した性質は容易には理解しがたいものかもしれない。

「私は典薬寮の医官ですから、御所の方々のお世話をするのは御役目かと……」

　戸惑いがちに樹雨は答えた。なぜ、そんなあたり前のことを訊くのかと言わんばかりの物言いに、帥の宮は毒気を抜かれた顔をする。身分の高い自分は人から助けてもらってとうぜんとは考えていなかったようだ。これは存外に、謙虚な思考の持ち主らしい。

　考えてみれば、お気に入りの丹波医官を無理矢理に典薬寮に戻すこともしていない。その権威は十分にあるのに、丹波医官の意向を尊重して自ら施薬院に足を運んでいる。多少辟易しながらも丹波医官が帥の宮を突き放さない理由は、そういう彼の気質を知っているからなのかもしれない。

　帥の宮は、考えを整理するようにしばし黙りこんだ。

　やがておもむろに問う。

「私は、病なのか？」

「病というほど重篤(じゅうとく)ではございませんが、腎虚という病気の一歩手前の状態にはあります。この程度の暑さで脱水を起こしたのも、その所為かと」

「呪いの所為ではないのか？」

　単刀直入に帥の宮は切りこんできた。挑発ともおびえとも取れる緊張感をはらんだ物言いに、瑞蓮は困惑する。

　呪いなどそんなものは存在しないと言ってしまえば簡単だけれど、自身の感性や価値観を押し付けるだけでは他人は納得しない。幼少時に、数多(あまた)の身内の死によって植えつけられた怨霊に対する恐怖心が、他人のそんな簡単な一言で拭(ぬぐ)えるわけがない。

　ややおいてから、樹雨は答えた。

「それは一度治療に真摯(しんし)にむきあってみてから、決めてもよろしいのではないですか？」

「それも、康頼に何度か言われた」

「いまの宮様の状態を拝すれば、どの医師だって同じことを言いますよ」

　帥の宮はぐっと言葉を詰まらせる。

　その反応に瑞蓮は、彼の変化を感じ取る。少し前まで、なにを言ったところで、どうせ怨霊のせいだと嘯かれ取り付く島もなかった。

しかし脱水で倒れたことは、どうやら想像以上にきつかったようだ。意識も朦朧となっていたから、本人も命の危機を覚えたのかもしれない。健康や生死にかんして日頃どれだけ大きなことをほざいていても、いざその危機に直面するとたいていの人間はあっけなく尻込みする。

とはいえやはり体裁が悪いのか、帥の宮はぐずぐずとごねている。

「しかし呪いであれば、治療は効かぬであろう」

「病であれば効きますよ」

「だが、皆が呪いだと口を揃えている」

「呪いだとしても、医者は病からは逃げません」

きっぱりと答えた樹雨に、瑞蓮は思わず笑いだしそうになる。

これは名言だ。

呪いではなく病なのだから、治療にむき合うように。そんなふうに頭ごなしの説得よりもよほど効果がありそうだ。

帥の宮はぽかんとして、樹雨を見つめる。

その眸に、なにかの感情を揺さぶられたような光があった。

こんな目を先日も見たと思った。そうだ。中将命婦にイラクサという病名を告げたとき、彼女はその眸に同じ光を浮かべていた。

帥の宮は一度視線を落とし、くぐもった声を出す。

「しかし呪いが医師の身にかかったら――」

こうなると、もはや意地のような気すらしてきた。

「ならばご即位後に、菅公の御霊を慰撫する社をお建てください」

とうとう瑞蓮は声を大きくした。

以前に晴明が世間話のように語っていたことだが、もちろん瑞蓮は効果など信じていなかった。それを敢えて口にしたのは、ただただいつまでも渋る帥の宮が鬱陶しくなっただけである。

これまでほとんど静観していた瑞蓮のとつぜんの提言に、帥の宮は目をぱちくりさせる。

「社⁉」

「そうです。大宰府の菅公の墓所には、いまは立派な霊廟が建てられております。都でも同じようにして差し上げれば、さしもの怨霊も鎮まりましょう」

まくしたてる瑞蓮の視界、帥の宮の肩越しに、露骨に呆れはてた樹雨の顔があった。それはそうだ。なにしろ樹雨は瑞蓮がその類の話をほとんど信じていないと知っているから、彼からしたら白々しいことこのうえない発言にちがいないのだ。

しかし呪いにおびえる帥の宮には、ある程度の説得力があったようだ。

「うむ、社か……」

ぶつぶつとつぶやきながら、まんざらでもない顔で考えこんでいる。

霊廟を建てた大宰府が、三年前の乱で焼き討ちされて甚大な被害を被ったことは失念しているようだ。大宰帥である帥の宮という地位が、いかに名目だけなのかがこれだけでも丸わかりである。

しかしこの場合、その浅薄が幸いだった。

「なるほど。色々と試みる価値はありそうだな」

拍子抜けするほど前向きに、帥の宮は瑞蓮の提案を受け止めた。

そうして樹雨のほうに視線を戻し、おもむろに尋ねる。

「養生をして治療に励めば、私でも子を為すことはできるのか？」

「その可能性は高くなります。もちろんお妃さま方の健康状況もございますでしょうが」

樹雨は瑞蓮が大姫の治療を請け負っていることを知らないから、ここは一般論として言ったのだろう。

　そうか、と静かに零したあと、帥の宮はひたりと視線を固定した。

　瑞蓮は自身の背筋がきゅっと伸びるのを感じた。帥の宮の眸には、これまでにない緊張感があった。

「──だが、桐壺のような子が生まれたらどうする」

　帥の宮の口から放たれた問いに、樹雨は眉を寄せる。

　その件にかんして、樹雨はすでに医師としての答えを出している。にもかかわらず帥の宮はまた同じ問いをした。しかも一度神妙を装ってのことだから、なおさら質が悪い。樹雨が警戒するのはとうぜんだった。

「ちがう」

　帥の宮は首を横に振った。

「患者ではなく、それがわが子であればどうするかということだ」

　その問いに瑞蓮ははっとした。

　宿痾に対して医師がいかように対峙するかの心の持ちようと、親がわが子の病にいかにしてむき合うかはまったく別問題だ。帥の宮が恐れているのは、紛れもなく後者である。

「どこかに障りのある子が生まれれば、子はもちろん妃達も苦しむだろう。それが私にかかわる怨霊の所為だとしたら、私はどうやって子と妻達に償えばよいのかが分からぬ」

「……」

「それなのに、どいつもこいつも子を作れと急かす」

腹立たし気に言い捨てると、帥の宮は吐息をついた。彼の困惑と怒りが空気の中に溶けこんでゆくようだった。

怨霊への不安を消せないまま、子を作ることを無理強いされる。それは次期東宮という、彼の身分ゆえだ。

瑞蓮は問うた。

「帥の宮様が丹波医官の進言をお聞き入れにならなかったのは、ご自身に子ができることを警戒なされてのことだったのですか？」

帥の宮は無言だった。しかし否定をしないところから、少なからず的を射ているものと思われた。

瑞蓮は帥の宮に対するこれまでの認識を少し改めた。軽薄で幼稚な行為も、彼なりの逡巡や考えがあってのものだったのだ。

しかし、怨霊の存在などなくとも宿痾は存在する。身分や性別と同じで、これは人の手ではどうにもならない。いかなる善男善女にでも容赦なく降りかかるのが病である。

運命と言ってしまえばそれまでだが、あまりにも不平等で残酷で、時には神仏の気紛れを罵りたくなるほどだ。その不平等に立ちむかう術は――。

「必要なのは償う術ではなく、支える覚悟なのではありませんか」

瑞蓮の指摘に、帥の宮はびくっと肩を揺らした。その彼の肩越しに樹雨の顔が見える。

帥の宮は、瑞蓮を見た。

人智ではどうにもならぬものを償う術など、あるわけがない。であれば人にできることは、折れない気持ちを持つだけなのではないか。

「支える覚悟？」

帥の宮は瑞蓮の言葉を使って反問した。

瑞蓮がうなずくと、彼は気難しい表情のまま黙りこんだ。

――もしもあなた様にその御覚悟がなかったとしても、私がとやかく申し上げることではございません。

少し前に樹雨が、帥の宮に告げた。

他人が責めることではない。責められたとしても意に介する必要はない。だから、ゆっくりとでいい。なにより大切なことは、自分の意思で決意を固めてゆくことだから。

「なるほど、覚悟か」

しばしの沈思のあと、帥の宮はぽつりと零した。

帥の宮は身体の位置を戻し、ふたたび樹雨にむきなおった。

「なあ、和気医官」

「はい？」

「もしものときは私の子も、桐壺の子のように支えてくれるか」

樹雨は目を瞬かせたあと、まじまじと帥の宮を見つめる。

多少の戸惑いはあっても、樹雨はほとんど迷わなかった。

「そのようにお命じいただければ、もちろんでございます」

その樹雨の返事を、帥の宮はすっきりとした表情で聞いた。

憑き物が落ちたような、とまでは言わないが、彼の中でひとつなにかを咀嚼し終えたことは間違いなさそうだった。

「ならば治療にむきあってみよう」

帥の宮の宣言に、樹雨は顔を輝かせた。瑞蓮も、樹雨ほど純粋にではなかったがほっとした。これで大姫が報われると思ったからだ。

「よかった。きっと丹波医官もお喜びになりますよ」

声を弾ませる樹雨に、帥の宮は意味ありげな眼差しをむける。

「康頼のところに通うのは大変だ」

「はい？」

「だから、そなたが来い」

からかうような帥の宮の命令に、樹雨は大きく瞬きをする。

即座に意味が理解できなかったのか、そのまま唖然と帥の宮を見る。やがて我に返ってあわてふためく。

「そ、そんな畏れ多い。帥の宮様の治療はもっと経験のある医官に――」

「あたり前だ。分からないことがあれば、すぐに康頼にでも訊いてこい」

樹雨の真っ当な辞退を、帥の宮はこちらも一応筋の通った言い分で撥ねつけた。

康頼にでも、と敢えて言ったのは必ずしも彼だけに頼らずともと遠回しに示したのだろうか。いずれにしてもその判断は樹雨に任された。

典薬寮の医官にも意見を求めることができれば、彼らの顔を立てることができる。それは今後樹雨が、典薬寮の中で孤立する危険を回避してくれるだろう。

朱宮に対する粗略な扱いとのちがいを思えば釈然としないところはあるが、次期東宮の覚えがめでたいという事実は、今後の樹雨にとって悪いようには働かないはずだ。

もちろん確定はできないが、帥の宮は治療によっておそらく快癒するだろう。

そして体調が整えば、いまの不安定な心持ちも落ちつくはずだ。根っから曲がった気質ではなさそうだし、捨て鉢な言動の要因には、恐怖以外にもじわじわと悪くなっていく体調の影響もあっただろうと思うからだ。

真摯に治療に取り組み、充実した体調となれば心も強くなる。そうなれば怨霊に対する恐怖も含め、様々な苦難を受け止めることができる、健やかな心も育ちやすくなる。

よいことだと、瑞蓮は思った。

次の帝となる方なのだから、そうあってもらわねば周りが大迷惑なのだ。

第五話

傍目八目（おかめはちもく）

順調に改善していた大姫が、とつぜん寝込んでしまった。

その報せを受けた瑞蓮が九条邸を訪れたのは、帥の宮との騒動が起きた翌日のことだった。

「昨夜から月水がはじまり、今朝はもう起き上がることができなくなってしまわれたのです」

門前まで出迎えに来た朱華から説明を聞きながら、瑞蓮は北の対にむかった。

大姫の月経が困難であることは初診時にも聞いていた。だからある意味で予想はできた展開であった。

ただここまでが比較的順調に改善していたので、瑞蓮もすっかり油断してしまっていたのだ。それに治療が功を奏していたので、月経の症状も改善するものと楽観もしていた。

殿舎の下まで来ると、高欄のむこうに見覚えのある女房が待っていた。

朱華と離れて、彼女の先導で殿舎に入る。すると御帳台の前にいた乳母が、小走りに駆け寄ってきた。

「女医殿、おいでくださいましたか」

「大姫様は？」

「中で休んでおられます」

そう言って乳母は、御帳台の帳を控えめに持ち上げた。薄暗い中で、衾が人型に盛り上がっている。乳母とともに中に入ると、すぐに充満する血の臭いが鼻をついた。ここまで臭うということは、相当に経血量が多いのだろう。血虚の状態でそんな出血があれば辛いのがあたり前だ。

「大姫」

枕元に腰を下ろすと、呼びかけよりも震動に反応するように大姫はうっすらと目を開けた。だがすぐに「眩暈がする」と言って、瞼を閉ざしてしまう。想像よりもひどい状態にひるみつつ、瑞蓮は問うた。

「月水のときは、いつもこのように寝込むのですか？」

話す気力もないのか、大姫は無言のままうなずいた。乳母に目をむけると、彼女も同意するようにうなずく。瑞蓮は顔を強張らせた。問診のさいに月経の苦痛がひどいという話は聞いていたが、こうして目の当たりにするとその深刻さに愕然とする。

うっすらと開いた唇からは、しきりに浅い息が漏れつづけている。両手で胸を押さえているのは、動悸が激しく息苦しさを感じるからである。もはや汗ばむ陽気だというのに首元まで衾を引き上げているのは、冷えがひどいからだろう。血虚の者は概して冷え性である。

（いくら月水だからって、こんなにひどいわけが……）

多少の症状ならともかく、正常な現象である月経にここまで苦痛が伴うことはあきらかに病的である。

一度御帳台を出ると、廂の間では女房達が不安気な顔を揃えていた。

「せっかく女医殿の治療で、良くなっておられたのに」

「いったいなにゆえじゃ。月水がはじまったとたん、元の木阿弥ではないか」

なにげなく盛りこまれた非難めいた言葉が、女房達が意図して言ったものかどうかは分からない。しかしそんなことに神経を尖らせる余裕はなかった。

この重い症状の原因はいったいなんなのか？　やはり血虚の所為なのか。それとも他になにか隠された病因があるのか？

血虚の症状が思った以上に根深いものなら、もっと強い処方が必要だ。他に隠された病因があるとしたら、一刻も早くそれを見つけなければならない。だがここ数日の診察では、後者は思い当たらなかった。

（いったい、どうして？）

考えこむ瑞蓮を、母屋に控える女房達が不安気な顔で見つめている。やがてその中の一人が、ぼそりとつぶやく。

「中納言家に、陰陽師が出入りしているという話を聞きました」

いきなりなにを言っているのかと、瑞蓮は疑問を抱く。

乳母をはじめとした他の女房達が、いっせいにざわつきだした。まるで思い当たる節があるかのような反応だった。注目を集めた女房は、あたかも手柄でもたてた者のように得意気に語りだす。

「僕があちらの邸の者から話を聞いたそうです。あの者達は街や市場で会う機会があるので顔見知りですから。なんでも近頃、御所に仕えている陰陽師が頻繁に訪ねてきているそうです」

「なんと、胡散臭い」

乳母の声音には、あからさまな侮蔑がにじんでいる。

はじめて訪問したときも感じたが、この邸の女房、特にこの乳母は中納言の姫君に対しての反発が半端ではない。それは養い君の恋敵という思いより、さしたる家柄でもない娘が関白太政大臣の孫娘に対して身の程を弁えぬ、という蔑みの感情のほうが強いように感じた。

「よもや呪詛など致しておらぬであろうな」

そういうことか。意味深な発言の真意に、ようやく合点がいった。

「ありうるやもしれません」

「確かにここ一年程、姫様はずっと体調が思わしくありませぬゆえ」

「ならば姫様のご容態は、呪詛の影響やも……」

乳母のとんでもない妄想に、女房達が口々に同意する。

瑞蓮は呆れ果てた。そもそもここでそのように興奮した声をあげては、御帳台の中の大姫が落ちついて休めないではないか。

「御所の陰陽師は、呪詛は請け負わないでしょう」

冷ややかに瑞蓮は言った。

被害妄想にもほどがある。そもそも都に来て二か月にもならぬ自分が、なぜ都住まいの彼女達にそんな常識的なことを指摘せねばならぬのか。

陰陽寮所属の陰陽師は官人なので、呪詛のような違法行為には手を貸さない。もし中納言とその姫君が大姫の呪詛を依頼したとしても、それを請け負うのは市井で活動する非認可の法師陰陽師である。

しごくとうぜんの瑞蓮の指摘に、女房達の興奮が一気に萎える。愚かなことを言ったという反省と、にべもなく切り捨てた瑞蓮に対する少しばかりの反発、あとはひたすら気まずい空気が流れていた。

もっとも瑞蓮も一方的に呆れることはできない。彼女達がこんな愚かな妄想をするのも、結局は大姫の容態が改善しないからなのだ。

頭をひとつ振り、瑞蓮は表情を改めた。ここであまり思い煩った顔を見せては、女房達にさらなる不安を与えてしまう。

「ひとまず、もっと強めの補血と止血の薬の処方をしておきます。日に三回、空腹時に煎じてさしあげてください」

努めて落ちついた声で伝えはしたが、まだ反発の余韻があるとみえて、乳母は若干不貞腐れた表情のままうなずいた。

新しい処方が効いたようで、大姫の症状は落ちつきを取り戻した。軽い眩暈はあるが、起き上がって食事を摂ることができるようになったという。このまま月経の期間が過ぎれば、もう少し元気を取り戻すだろうと乳母は語った。

ひとまずはほっとしたが、根本的な不安が消えていない。

あの症状が、正常な月経の苦痛を逸脱していることは言うまでもない。原因に血の巡りが滞る〝血瘀〟を合併している可能性も考えて、処方に加えて鍼治療を施してみたが、これはほとんど効果がなかった。

血が足りていない〝血虚〟であることは間違いなかった。

ならば、なぜ補血の治療が効かぬのか？

いや、まったく効果がないわけではない。しかし治療内容と大姫の若さを考えれば、もっと劇的な改善をみてもよいはずだった。

（どうして、こんな半端なの？）

考えれば考えるほど袋小路にはまってゆく気がして、気がつくといつも大姫のことばかり考えている日々がつづいた。

これはよくない。

大姫の治療は重要事項だが、診なければならない患者は他にもいる。瑞蓮は頭を切り替え、安福殿に入った。そこには先日、診察をした女孺が待っていた。出産後の悪露に難儀しているという彼女に、瑞蓮は血の巡りを改善するための薬を渡していた。双方の都合で、約束の七日よりだいぶ遅れたが、本日は再診日だった。

女孺は瑞蓮の姿を見ると、目を輝かせた。

あ、良くなったのだな——そのことが顔色のみならず、表情でも分かった。

「杏林様、ありがとうございます。おかげさまでかなり良くなりました」

声もはずんでいる。顔色と声質を確認したあと、脈を診る。

一通りの診察を済ませたあと、瑞蓮は女孺に告げた。

「薬はもう必要なさそうですね。粟粥は、もう少しつづけてください。それとこれからは暑くなってきますが、冷たい食べ物はしばらく我慢してください」

飲食物で腹を冷やすことは、悪露の排出はもちろん母乳の出も妨げる。

それにしても、思った以上に早く効果が表れたものだ。

彼女に渡したものは、畑で採取した薬草を使った薬だった。処方を書いても身分の低い者は、渡来の薬など買えないからだ。薬草とてもちろん効用はあるが、その効き目は比較的緩やかだ。それがこんな短期間で、ここまでの効果を示すとは、よほど相性が良かったのだろう。

しかし嬉しい誤算にはちがいない。女孺の明るい表情に瑞蓮は安堵した。

「そういえば、蜂はまだ食べているのですか？」

なんとなく気になって尋ねてみる。実は蜂の摂取云々よりも、流行りのきっかけとなったさる姫君のことが気がかりだった。

あれはやはり、大姫のことなのだろうか？　だとしたら彼女の名は世間に出てしまっているのか？　そしてその病状もなにかと噂されているのだろうか？

「ああ、あれはもう食べていません」

あっさりと女嬬は答えた。拍子抜けした顔をする瑞蓮をどう思ったのか、女嬬はあわてて説明を加える。

「最初の四日ほどは食べていたのですが、評判の所為か手に入りにくくなってしまって。それに値も上がってきているのですよ」

世知辛い世の中である。もともと誰の物というわけでもないだろうに。いきなり捕獲されはじめた蜂も迷惑な話だ。

「それでよろしいのでは。是が非でも食べねばならぬものでもありませんし、あまり美味しいものでもないでしょうから」

「ええ、それはもう」

女嬬はしかめ面をした。イナゴだと思えば平気だと言っていたが、やはり好んで食べたいものではなかったようだ。不調時は藁にもすがる思いだったのだろうが、体調が良くなってからまで無理しようとは思わない。元々瑞蓮が勧めたものでもなかったので、それでいっこうにかまわない。

そのあと女嬬との会話の中で、さりげなく件の姫君のことを探ってみたが、大姫だという噂は流れていないようだった。もしかしたら別の姫君で、大姫も噂を聞いて蜂を取り寄せただけかもしれない。もっともいまの大姫を見るかぎり、蜂の滋養が功を奏しているとは思えないのだが。

あらためて礼を述べたあと、女嬬は局から立ち去った。軽い足取りは、快癒が近い者のそれだった。朱宮や大姫のように難渋する患者が医師の心を重くするいっぽうで、彼女のように思いがけず容易に改善して医師の心を明るくする患者もいる。

（良かった……）

御簾越しに遠ざかる女嬬の姿を、瑞蓮は心強い気持ちで見送っていた。

「そうか。宮様がついに心を入れ替えられたか」

あっはは、と丹波医官は豪快に笑った。

瑞蓮が施薬院の詰所を訪ねたとき、彼は親の仇をうつような顔で乳棒を回していたるさなかだった。よほど堅いものを磨り潰しているのだろう。薬草ではなく鉱物系の生薬かもしれない。

瑞蓮の姿を見て手を止めた丹波医官に、帥の宮が腎虚の治療に前向きになったことと、担当に樹雨を指名したことを伝えると、彼は乳棒を放り出して大きく両手を打ち鳴らした。ちなみに帥の宮が倒れたあの日、丹波医官は来なかった。あの騒動のあと桐壺に戻ると、施薬院の僕が遣いに来ていた。急病人が担ぎこまれて、手が離せなくなったということだった。

「いやあ、立坊式を無事に迎えられそうなのはなによりだ」

あながち誇張でもなさそうな言いように、瑞蓮は探るように言う。

「帥の宮様が近々倒れると、分かっていたのですか？」

「まあな。最近は暑くなっていたからなあ……」

世間話でもするように軽く返す丹波医官におそれいる。

曰く。そんなことでもないと、若い男は自分の身体を気遣わない。体力に任せて仕事、ないしは快楽を優先するとのことだった。やけに説得力があると納得できたのは、先月倒れた中原少内記のことを思いだしたからだ。

二十一歳という若さを過信して、過剰な仕事を無理にこなしていた彼は風病発作で倒れた。事なきを得たが、あのまま無理をつづけていたら間違いなく中風（脳血管障害による半身不随等）まで進んでいただろう。

「帥の宮様に、御身体の状態を説明なされたことは？」

「ちょいちょいとしてはいたが、聞く耳は持たれなかったな。恐怖心を紛らわせるほうが先だったのだろう。なんと言ってもお若い。未病（病ではないが健康でもない状態）にはちがいないが、都度の治療でしのげておるから、さほど切羽詰まってもおられぬのであろう」

それで頻繁に、丹波医官のもとを訪れていたわけか。皇族の治療は典薬寮の管轄だが、親王に直に乞われては丹波医官も袖にはできない。

そこで瑞蓮は、以前の彼の発言を思いだす。

「丹波医官が典薬寮ににらまれている原因って、ひょっとして帥の宮様の所為だったのですか？」

不意をつく問いだったのか、丹波医官は怪訝な顔で眉をよせる。だがすぐに、初対面のときの自身の発言を思いだしたようだった。

「まあ、そういうところだな」

丹波医官は苦笑した。

聞けば丹波医官は、典薬寮の所属だった三年前まで帥の宮の担当医のような役割を担っていたのだという。施薬院に異動する際に引き継ぎはしたのだが、それ以降も帥の宮は具合が悪くなると丹波医官を訪ねてくるのだという。

なるほど。確かに典薬寮の担当医官からすればよい気はしない。しかも帥の宮の担当とあれば、そこそこに地位も経験も豊富な者だろうから、面子をつぶされたも同然だ。

「いまは一親王だからかまわぬが、東宮に立たれたあとでは、さすがにやりにくくなると心配していたんだ。しかし和気医官とそのようなことになったのなら、まことによかった」

上機嫌で語ったあと、ふと丹波医官は訊いた。

「ところでそなた。帥の宮様の件をわざわざ伝えに来てくれたのか？」

「あ、近くに用事があったものですから」

「九条邸の大姫か？」

「そうです」

九条邸にはこのあと行く予定にしていた。いつのまに拾い上げたのか、丹波医官はふたたびごりごりと乳棒をまわしはじめている。

「まあ、よかった。帥の宮様が治療に前向きになられたのだから、そのうち大姫も吉報を授かるであろう」

「いえ、あのそれが――」

ここぞとばかりに瑞蓮は身を乗り出した。

繊細な問題ゆえに、大姫のことを丹波医官に相談するのを躊躇っていた。しかしここまで行き詰まっていては相談をするしかない。

「実は大姫様のほうにも、問題があるのです」

怪訝な顔をする丹波医官に、瑞蓮はこれまでの経緯を話した。

重篤な血虚と思われるが、治療が思うように功を奏さない。一時期は良くなったとも思ったが、月経がはじまった途端に元の木阿弥となった。さらに強い処方でその場をしのいだが、これでは次の月経が危ぶまれる。

それはまるで小さな穴の開いた甕に水を注いでいる感覚だった。

大きな桶で一気に注げばしばし水が溜まったように見えるが、時が経つと漏れ出てしまっている。だからひっきりなしに水を注がねばならないのだ。

瑞蓮は、大姫の病状に対する印象をそんなふうに説明した。

「丹波医官には、なにか思い当たることはございませんか？」

「そうだな……」

丹波医官は首を捻った。

「患者を診なければなんとも言えぬが、そもそもその出血は月水なのか？」

思いがけない丹波医官の指摘に、瑞蓮は虚をつかれたようになる。

確かに女子胞に腫物ができたりすると不正の出血が起こる。しかし大姫の出血は定期的で、日数も心配する程の長さではない。

「月水で間違いはないと思います。ほぼ二十日おきで起こるそうですから」

「律儀なほどに定期的だな」

皮肉っぽくつぶやいたあと、丹波医官は表情を改めた。

「先に申しておく。婦人の病にかんして私は門外だ。まったく知識がないわけではないが、そなたより格段劣る」

「そのようなことはけして……」

尊敬する相手からの高評価に、瑞蓮はあわてて謙遜する。しかしそれを光栄に思う間もなく、丹波医官は話をつづけた。

「そのうえで敢えて言うが、普通に考えれば、いまの治療では治しきれていない大きな病変がありそうだな。たとえば女子胞に腫物ができているとか。瘀血が血虚の状態を招いていることもある」

「それは私も考えました。ですから血瘀の治療を試みたのですが、芳しくありませんでした」

　血の巡りが悪くなる血瘀となれば、身体の末端まで血が行きわたらない。症状として血が足りぬ血虚に近いものも出てくる。そうやってあらためて考えると、血虚と血瘀の双方にむき合う必要があるのかとも思う。血瘀の診断を下したあの女嬬は、こちらが驚くほどに処方が嵌ったが、最初から、あんなにどんぴしゃりな例はやはり稀である。

　顔を曇らせる瑞蓮に、丹波医官は励ますように言った。

「血を補い、巡りを改善するための良き薬がある。それを使ってみるとよい」

「ですが施薬院の物をいただくわけには……」

「心配致すな。ここの運営は、事実上藤家が担っている。九条の姫君に薬をお分けして問題になることはない」

「そうなのですか？」

　単純に瑞蓮は驚いた。てっきり施薬院も、典薬寮と同じ官営の施設だと思っていたのだ。

　丹波医官の説明によると、確かに官営にはちがいないらしい。だから別当をはじめとした四等官も存在する。しかし元々が藤家出身の光明皇后の願いで創設されたものなので、以降その運営には藤原家が大きくかかわっているのだそうだ。

「それこそ渡来物の極上品を渡したところで、叱責は受けぬよ。まあ、そんなものはたいていが典薬寮に運ばれているがな」

丹波医官の物言いは多少嫌みっぽかった。典薬寮の薬は、皇族や殿上人達に献上するものだから、それもしかたがない。

倉庫にむかうために、いったん詰所を出る。

施薬院の薬の大方は、小路を二つ行った専用の御倉で管理されている。しかし日常的に使う薬は施薬院内の倉庫に保管してあり、また値の張らぬ薬草等も敷地内の畑で栽培している。

速歩で倉庫にむかう途中、先を行く丹波医官がふと足を止めた。

彼の視線の先にある畑には、青々とした痢病草（ゲンノショウコ）が植えられていた。整腸や皮膚炎等に用いられる、用途の広い一般的な薬草である。

丹波医官は目を眇めて、生茂った痢病草を凝視していた。

「いかがなさいましたか？」

瑞蓮が尋ねたとき、丹波医官はおもむろに畑に近づいていった。群生した中から一本を鷲摑みにして引きちぎる。痢病草の収穫期は花が咲く盛夏なので、まだ二か月ほどある。しかも丹波医官は、汚れを拭いもせずに葉を口に含んだのだ。突飛な行動に瑞蓮は目を円くする。

「なにを⁉」

「やはり……」

青葉を口から離して、丹波医官は唸った。葉にまるで折り曲げたかのような噛み跡がついていた。

「烏頭だ」

瑞蓮はぎょっとして、丹波医官が手にした草を見る。

烏頭は附子、あるいは鳥兜とも呼ばれる猛毒性の薬草である。薬としての効能も高いが、毒性が強いので使用には深い知見が必要だった。

痢病草と烏頭の若葉が類似しているのは、医師には常識である。烏頭は葉を噛むと苦みがあるので判別はつく。もちろんその程度のことで身体に害は及ばない。でなければ薬として使えるわけがない。

瑞蓮は畑を見下ろした。

「なぜ烏頭が、痢病草の畑に？」

「株植えか種まきのときに紛れこんだのか、もしくは鳥か虫の仕業だろう。烏頭は繁殖力が強いからな」

「では、他にもあるやも」

「かもしれんが、そこまで心配はせずともよかろう。痢病草の収穫は花が咲いてからだ。そのときに違えることはあるまい」

丹波医官の言い分には理由があった。というのも痢病草と烏頭では、花の形状がまったく異なっているのだ。痢病草の薬用は花が咲いてからなので、烏頭であればすぐに見分けがつく。ゆえにいま血眼になってまで除去する必要はない。ちなみに同じく形状が似ている二輪草は、収穫が若葉の時期なので事故が起こりやすい。

「もちろん、念のために周知はしておかねばな。似たようなことがないか、これを機に薬草園を確認しておこう。こんなことが頻発すれば薬草を取り違えることになりかねない。いかに正しい処方をしていても、薬そのものが取り違えられていたら意味はないからな」

この場合、毒のあるなしは関係がない。逆に烏頭として管理されていたものが痢病草で、それに気づかずに調合していたら、たとえ毒はなくとも望んでいた効用は発揮されない。

ふと瑞蓮の脳裡に、ひとつの仮定が思い浮かんだ。

大姫に処方している生薬に、取り違えはないだろうか？　だとしたら、処方が思うように効果を示さないのも納得できる。

だがすぐに、その可能性は低いと否定する。

大姫が服用している薬は、瑞蓮が書いた処方に合わせて九条邸の者が薬廛（東市に存在した薬店）で調達してきたものを使っている。その顧客は高貴な身分の者ばかりなので店としての信用度は高い。ちまたに跋扈する、そのあたりで摘んできた雑草を生薬などと偽って高値で売りつける悪徳商人とはちがう。

そもそも瑞蓮は、調合をする前に個々の生薬を確認している。商人と瑞蓮の二重の見落としは考えにくい。

しかし万が一ということはある。九条邸に行ってから、生薬を再確認しようと改めて思い直す。もしも取り違えがあったとしたら、瑞蓮は責を免れない。もちろん大姫にも申し訳ない。それでもはっきりと原因が分かったほうが、いまの手詰まりな状態より安心できると心密かに思っていた。

九条邸が所有している生薬に紛い物はなかった。

それどころかどれもこれも稀なほどに上質な品ばかりで、東宮妃となる娘の懐妊のために意気込む親の気合が見て取れる。

その日、大姫の状態は悪くなかった。

優雅な葡萄染の小袿を羽織り、脇息にもたれてくつろいでいた。葡萄染とは経糸を赤、緯糸を紫で織り上げた玉虫色の織物である。

月経の期間さえ過ぎれば、日常生活は問題なく送れているという。もっとも貴族の姫君の起居など、さほど活発なものではないだろうが。

丹波医官から分けてもらった薬を、瑞蓮は手ずから煎じた。九条邸の者達を疑っているわけではないが、取り違えの可能性を思いついたあとだけに、手順にも慎重になっていたのだ。

煎じたばかりのまだ湯気がたつ薬を飲んだ大姫は「身体がぽうっと温かい」と感想を述べた。

「ならば効き目があるのでしょう。大姫様は手足がひどく冷えておられますゆえ」

「舌には苦いが、身体は心地よいぞ」

体調が悪くないからか、口ぶりにいつもより活気がある。

状態をしっかり診たいという瑞蓮の意向を受けて、母屋との隔てとなる御簾は上げている。なんとかこの薬が効いてくれればよいがと考えていると、廂に入ってきた女房が帥の宮の訪問を告げた。

女房達は色めき立つが、大姫はなんとも複雑な表情をしていた。朱華から聞いた日以降も、帥の宮の訪問はなかったと聞いている。もっともその期間は大姫も月経痛で大変だったから、来られても迷惑でしかなかっただろうが。

心を入れ替えたついでに、夫婦関係もやり直すつもりなのか。だとしてもあの宮様は、なぜ私がいるときにかぎってやってくるのだろう？　多少の見識の変化はあっても、気まずい相手には変わりはないというのに。

「なれば私はこれで……」

急いで引き下がろうとしたとき、簀子から足音が聞こえた。間に合わなかったかと肩を落としていると、御簾をかき分けて萌黄色の狩衣を着けた帥の宮が入ってきた。

狩衣の素材は夏の生絹。下に着た檜皮色の単の色が透けて見える。青々とした新緑をつけた若木を思わせる着こなしだった。

帥の宮は廂に控えている瑞蓮に目をとめ、露骨に気まずげな顔をした。しかしすぐに強気な表情を取り戻す。もはや自分には後ろめたいことはなにもないとでも言わんばかりである。

帥の宮は下長押を跨いで母屋に入ると、大姫の間近に腰を下ろした。女房達は彼のために畳を準備しようとしていたが間に合わなかった。

「話がある」

やぶからぼうな切り出し方に大姫はきょとんとするが、かまわず帥の宮は先に進める。

「同じことは祐子にも言う。述子はまだ幼い故、入内したのちいずれ話そう」

周知のことのように名をあげるが、大姫からすれば〝誰ですか、それは？〟といったところだろう。女の実名など、普通は身内ぐらいしか知らないものだ。

入内してから云々のくだりから、述子とはおそらく伯父、大納言の姫君のことで、その流れから考えて祐子とは中納言の姫君ではないか。いずれも大姫と同じ帥の宮の妃、ないしは内定者である。

同じように悟ったのか、大姫には名のあがった彼女達についてとやかく訊こうとする気配はなかった。

「私とそなたとの子は、もしや呪詛の影響を受けるやもしれぬ。そなたはそれでもかまわぬか？」

やぶからぼうにも程がある言い方は、帥の宮の覚悟の表れとも受け取れる。浅はかだという印象は相変わらずだが、それでもかねてよりの瑞蓮の帥の宮に対する誤解はひとつ解けていた。

妻との間に子を作ろうとしなかった帥の宮の意図は、自暴や彼女達の不妊に対する軽蔑ではなく、自身の負い目が理由だった。

その負い目を隠すことなく、彼はいま妻達に告白しようとしていた。

「そなたも知っておろう。私の兄である先の東宮は、二十一歳という若さで身罷られた。その息子である次の東宮も五つで夭折した。それを考えてみれば、よくぞ私も今上もここまで無事に育っているものだと思う」

敢えてここで朱宮の話題を出さなかったのだから、おそらく大姫は朱宮の存在を知らぬのだろう。目的が怨霊の脅威を訴えるだけであれば、その件と清涼殿の落雷事件を知っていれば十分だった。

「私の子はすべからく怨霊の影響を受けるやもしれぬ。そなたはそれを母として支える覚悟はあるか？」

真剣な面持ちで訴える帥の宮に、大姫の表情も次第に硬くなる。最初は帥の宮の訪問に浮かれていた女房達もざわつきだしている。

当世において怨霊や物の怪の存在は、深刻なまでに人の心に巣くっている。

ゆえにいくら医師が信じていなくても、患者が信じているならそれを考慮して治療を行わなければならない。だからこそ樹雨の〝医者は、病からは逃げません〟という一言は重要で、帥の宮の心に刺さったのだろう。

深刻な告白を、大姫は唇を固く結んで聞いていた。だが帥の宮が語り終えると、ほとんど思案する間もなく言った。

「なれど私には、他に道はございません」

あまりにも率直な大姫の答えに、瑞蓮は目を円くした。

「私は生まれてこの方、后がね（お妃候補）として育ってまいりました。いまさら他の道はありませぬ。ならば逃げるなどできるわけがないでしょう」

なにを馬鹿なことを言っているのだ、と言わんばかりである。

諦観とも苦情ともつかぬ物言いはやけに堂々としていて、まるで大姫が帥の宮にむかって胸をどんっと叩き「大船に乗ったつもりでいなさい」と言っているような気がした。

やはりこの姫君が好きだ、そう瑞蓮は思った。

「だって世の中は、逃げてもどうにもならぬのですよ」

馬鹿なことを言うなとばかりに告げると、大姫はつんとそっぽをむいた。

そんな妻の顔を、帥の宮はまるで未知の存在に対するかのように呆然(ぼうぜん)と見つめていた。


帥の宮の間抜け顔をよそに、瑞蓮は九条邸を出た。

なんであれ、夫婦が真剣にむきあった事実はめでたいことだ。

帥の宮が治療に真剣にむきあえば、まもなく十九歳の若者らしい健全な心身を回復するだろう。

それは喜ばしい。しかし大姫の治療は、現状では順調とは言い難(がた)い。

子ができぬ理由をこれまでは夫の不誠実にも求められたけれど、こうなると世間は責任を彼女一人に求めてくるだろう。大姫の立場や性格では、ますます重圧が強くなるのではないかと気がかりである。

なんとも晴れない気持ちのまま、小路を北上する。

今日はこのまま筑前守(ちくぜんのかみ)の邸に帰るつもりである。丹波医官が言ったように、九条邸の方の世話をしている旨(むね)を告げると、北の方をはじめ邸の者はこれまで以上に丁寧にもてなしてくれるようになった。

（かえって肩身が狭いのよね……）

せめて宿代を納めたいのだが、杏林殿は娘の恩人だからと頑として受け取ってくれない。乙姫・茅子の痤瘡（ニキビ）はすっかり改善し、いまでは艶のある美肌の持ち主に戻っているから、もはや治療の必要はなくなっている。こうなっては事実上の食客である。

八条界隈に入ると、少し先にある東市の影響か人通りがさらに多くなる。背に籠を負った者、荷車を引く者は品を納入する商人だろうか。布衣姿の男に、小袖に腰布を巻いた女。季節的にもはや下着同然の軽装の男なども歩いている。

袖なしの衣を着た子供達が、人混みをひょいひょいと駆け抜けてゆく。大人達を遊び道具に見立てているのだろうが、ときどきぶつかったりしては怒鳴りつけられていた。

あいもかわらずの人いきれに、瑞蓮は息苦しさを覚えて立ち止まった。

やがて人混みをかき分けるようにして、こちらにむかって歩いてくる一人の人物に目をとめる。

縹色の官服を身に着けた青年は、晴明だった。

「安杏林」

先に声をかけたのは、晴明だった。遠くから呼びかけたあと、細い身体を器用に動かして人混みを抜けてくる。そうやって瑞蓮の前まで走り寄ってくると、少し息を切らしながら言った。

「こんなところでお会いするとは。市に行かれるのですか？」

「診療の帰りです。このまま七条の筑前守のお宅に戻ります。かの家にお世話になっていることはお話ししましたよね」

「そういえば、そんなことをおっしゃっていましたね……」

「安倍天文生は、どちらに行かれるのですか？」

瑞蓮とは逆で市場を通り過ぎてきたわけだから、買い物の帰りやもしれない。それらしき物はなにも手にしていないが。

「私ですか？　上役の命でお札を届けに参るところです」

子供のお遣いのような物言いで晴明は言った。常に泰然として妙な貫禄があるのでつい忘れそうになるが、晴明はまだ学生である。頼みもしないのにちょいちょいとしてくる占いも、本来ならその資格はまだないのである。掟としては、陰陽道は国から認められた陰陽師にしか許されない行為だからだ。もっとも晴明の占いは対価もとらない、あくまでも趣味の範囲なので別に問題にはならないが。

上役の命という事務的な晴明の発言に、瑞蓮はふと思いついた。

「もしかして、中納言家？」

「よく分かりましたね」

珍しく晴明が驚いた顔をした。

「ひょっとして占いをなされたのですか？」

「まさか……」

瑞蓮は苦笑した。そんなわけはない。単純に九条邸の女房達が、中納言家に御所(ごしょ)の陰陽師が出入りしていると話していたことを思いだしたのだ。あのときは晴明だとは考えもしなかったが。

「もしかして、姫君の子宝(こだから)祈願？」

「そんなところでしょう。私はただの遣いですから詳(くわ)しくは存じあげませんが、中納言からはさいさん祈禱(きとう)の依頼がございます」

十中八九(じっちゅうはっく)、懐妊祈願だろう。しかも絶対に男子(だんし)でなくてはならぬという条件付きだ。もちろん将来帝位(ていい)につけて、自身が外戚(がいせき)として権勢を揮(ふる)うためである。

しかし首尾よく男子をもうけたところで、大姫が男子を授(さず)かったら争う術(すべ)もなく、その願いは叶わない。家柄がまったくちがうからだ。そうなると大姫が男子を産まぬようにという祈願も必要となってくる。

そのとき、瑞蓮の中に蛍火のように静かにある考えが思い浮かんだ。それをまさかと自分で否定する前に、つい口が滑っていた。

「最近、呪詛の気配などありませんか？」

自身が口にした言葉が信じられず、瑞蓮は愕然とした。

よもや自分が呪詛の可能性を危惧するとは。いくら大姫の治療に難儀しているからといって、その原因を呪詛に求めるとはなんたること。

瑞蓮の問いをどう思ったのか、晴明はおもむろに空を見上げた。一見脈絡のなさそうな行動に、瑞蓮は自分の発言を棚に上げて問う。

「どうしたのですか？」

「赤い雪が降るかと思いました」

嘘みたいに生真面目な表情の晴明に、瑞蓮は渋面を作る。

自分でもどうかしていると思う。人は行き詰まると思いもよらぬ行動を取るとは聞くが、まさかこんな発言に至るとは。そういえばこの間も、決意しかねていたところを晴明の占いに背中を押してもらったのだ。

これは自分が思っている以上に、追い詰められているのかもしれない。

「お心当たりがおありなら、占ってさしあげましょうか？」

晴明の口ぶりはやる気満々だが、さすがに今回は占いには頼れない。

前回の悩みは、丹波医官のところに行くか行かないかだけだった。しかし病人の回復を占いに頼るなど、医師としてできるわけがない。

「……すみません。いまの質問は忘れてください」

晴明は瑞蓮を一瞥したが、特に気を悪くしたふうもなく言った。

「そうですか。ですがもしものときは、どうぞご遠慮なく。占いは人の不安を和らげるためにもあるのですから」

前にも同じような言葉を聞いた。

実際にあのときは、晴明の占いの結果で瑞蓮は腹をくくった。それとは少しちがうが、社を建てればという晴明の提案は、怨霊におびえる帥の宮に少しばかり安心を与えた。

目に見えるものばかりが人に影響を及ぼすわけではないし、目に見えないものが人の心を落ちつかせることがある。占いや祈禱に過度に頼って振り回されるのはよくないが、これはこれでまた人にとって必要なものなのだと都に来てから思えるようになってきた。

「ありがとうございます。次の機会にはぜひ」

笑みを浮かべつつ応じた瑞蓮の視界を、黒い点のようなものがかすめた。

注視すると、晴明の右肩の少し上を虫が飛んでいた。丹波医官の息子、太郎のことを思いだして瑞蓮は声をひそめた。

「気をつけて、虻が……」

「え？」

晴明は顔をむけ、自らの右肩のほうを見た。近すぎて視点があわぬのか、ひどく目を眇めたあと「ああ」と言って右腕を振り回した。

「咬まれますよ」

「いまのは虻ではなく、蠅ですよ」

「え？」

晴明の肩付近を飛んでいた虫は、すでに見えなくなってしまっていたので確かめようもないが、蠅であれば咬まれることも刺されることもない。

「そうでしたか。実はこの間、知り合いの子供が虻に咬まれたので、ついそう思いこんでしまいました」

「この季節の虫はみんな似ていますからね。特に蠅と虻は、二種とも羽が二枚しかないし。蜂はちがうでしょう」

「よくご存じですね」

学生とはいえ、都暮らしの官人である晴明が虻、蠅と蜂の区別を知っていることには少し驚かされた。もちろん瑞蓮とてまじまじと虫を観察しているわけではないが、知識としては知っていた。蠅と虻の羽は二枚。蜂は四枚の羽を持つ。蠅に攻撃性はないが、蜂は刺し、虻は咬む。いずれも治療のために必要な知識だった。

そのときである。

まるで稲妻(いなずま)のように、頭の奥の部分である考えが閃(ひらめ)いた。

(まさか?)

瑞蓮はこくりと息を呑(の)んだ。

そうだ。その可能性を嵌(は)めこむと、これまでの疑問がすべて解決する。

——正しい処方をしていても、薬そのものが取り違えられていたら意味はない。

痢病草の畑の前での丹波医官の言葉が、つづけてよみがえった。

「ごめんなさい。ちょっと失礼します」

「え？」

瑞蓮はくるりと踵(きびす)を返した。そうして呆気(あっけ)に取られる晴明を置いて、一目散(いちもくさん)に来た道を駆け戻る。

いつもの辻(つじ)で左に路(みち)を取る。施薬院や九条邸にむかう経路だ。

自身の荒い息が耳に響(ひび)く。鼓動(こどう)が激しくなり胸が痛いほどだったが、それでも瑞蓮は必死で走った。

「あ、杏林様」

弾(はず)む毬(まり)のような声には聞き覚えがあった。

反射的に足を止めると、とつぜんの身体の変化についていけない鼓動が追いかけてくるように胸の中で暴(あば)れる。走っていたときは夢中で無自覚だった。手を膝(ひざ)につき上半身を支える。犬のような短い切れ切れの呼吸がなかなか止まらない。

「どうなされたのですか。さようにお急ぎになられて」

近づいてきたのは市女笠(いちめがさ)に枲(からむし)をかけまわした、壺装束(つぼしょうぞく)の女だった。

瑞蓮は手をついたまま首をもたげる。白い手がかきわけた枲のむこうには、朱華の驚いた顔があった。

「……朱華さん」

苦しい息の中で名をつぶやき、はじめて見る彼女の壺装束に、以前に見た光景がよみがえった。やはり、そうか？　あれほど積み重なっていた疑問の山が、ここにきて雪崩のような勢いで崩れてゆく。

「どこに参られるのですか⁉」

かすれた声での詰問に、朱華は怪訝な顔をする。

厳しい口調もだが、彼女からすればそれは自分の問いだという感覚だろう。しかし瑞蓮の鬼気迫る形相に気圧されたようだ。

「その先の巫覡の家です。札と蜂を求めに参ります」

朱華の右手は、少し奥の路地を示していた。

丹波医官の息子・太郎と会った場所。そしてはじめてこのあたりに来たときに見かけた壺装束の女人が入っていった路地である。ちょっと目を引くぐらいに、屋根の上を虫が飛んでいた。

瑞蓮は唇を戦慄かせた。

「大姫が摂取している蜂は、あちらの小家から手に入れていたのですか？」

「はい。二年前に姫様の月のものの不調を治してくださった巫覡です」

「すぐにやめて！」

悲鳴のように瑞蓮は叫んだ。そして唖然とする朱華を置き去りにして、ふたたび走り出した。

　いつも通る門をくぐり、下屋（しものや）や畑が並ぶ裏庭を走り抜ける。

「待ってください、杏林様」

　必死に呼ぶ朱華の声が聞こえるが、立ち止まって説明する暇（ひま）はない。

　二年も過ぎていまさら一刻を争う状況ではないから、瑞蓮の気持ちが焦（あせ）っているだけだ。すぐにでも事実を確認したい。そしてあきらかになった真相を大姫に伝えなければならない。

　見慣れた殿舎が見えてきたとき、けたたましい悲鳴が響いた。

「姫様！」

「誰か、早く来て」

　瑞蓮は殿舎に駆け寄ると、沓脱（くつぬぎ）の上で靴（くつ）を脱いだ。

　土足で駆けあがりたい衝動（しょうどう）を懸命に抑える。こんなときは脱ぎにくい胡靴（こぐつ）が恨（うら）めしい。やはりいい加減に草鞋（そうかい）にしておくべきだった。これまでさんざん煩（わずら）わしい思いをしてきたのに、生まれ育った唐坊（とうぼう）の家が土足だったからかどうしても無頓（むとん）

着になってしまう。

いつになく焦って、靴を扱う手がもどかしい。ようやく追いついた朱華が草鞋を脱ぎ捨てるのと、妻戸を押し開けて帥の宮が飛び出してきたのは同時だった。

「杏林様！」

「安杏林！」

朱華と帥の宮のそれぞれの呼びかけに、瑞蓮は帥の宮のほうを見る。

彼は瑞蓮のもとに駆け寄り、膝をついた。その表情は蒼白である。

「早く来い！　子が、私達の子が亡くなってしまう」

「流産ではありません」

ひとまず処置を終えてから、枕元に移動して瑞蓮は言った。

処置の内容が内容なので、周りは几帳で囲ってもらった。本当は御帳台の中こそ好ましかったが、不正出血を起こして動転している女人にそこまでの移動を願うのは酷だった。

瑞蓮が去ったあと、大姫と帥の宮はあれこれと話をしていた。

几帳にもたれていた大姫の茵が血まみれになったのは、瑞蓮が戻る直前だったという。日頃は冷静な大姫がひどく動揺していたので、まずは落ちつかせるのが大変だった。

「やや、ややが……」

涙を流しながら嘆くのを、どのみち安静にしなければどうにもならぬと無理に寝かせつけた。そうやって一段落ついてから大姫に告げたのが「流産ではない」の一言だった。

既婚の若い女性が、月経以外で出血を見たら流産を疑うのは致し方ない。ましてこれまでずっと不妊に悩んでいたのだから、ようやくできた子を失ってしまうと錯乱してしまったのだ。大姫の悲鳴を耳にした帥の宮も、身に覚えがないくせに動揺してしまったらしい。

「つい先日に月水が終わったばかりでしょう。そのあと帥の宮様がお越しになられたとしても、その日数での流産ではかような出血にはならぬでしょう」

大姫は真っ赤になった目でまじまじと瑞蓮を見上げる。頬にはくっきりと涙のあとが残っている。冷静に考えれば合点がいく指摘に、彼女は羞恥と悔しさで頬を赤くしていた。

　大姫は胸の上にかかった薄手の衾ごと、ぐっと指を握りしめた。

「……ならば、子ができたわけではなかったのだな」

「そのことですが」

　瑞蓮は口を開いた。

「大姫様は、滋養のために蜂を食べているとおっしゃいましたね」

　唐突（とうとつ）な問いに、大姫はもちろん女房達も怪訝な顔をする。ちなみに几帳の内側に入っている者は、乳母（めのと）ともう一人の女房だけで残りの者は外に出している。もちろん師の宮も含めてだ。処置をしているときにあれやこれや騒がれたらうるさくてかなわない。

　二人の女房は目配（めくば）せをしあったあと、乳母のほうが答えた。

「ええ。二年前の祈禱以来ずっと……」

「こちらにお持ちください」

　強い口調で瑞蓮は言った。

　乳母はびっくりしたようにして身を硬くしたが、もう一人の女房が素早く立ち上がって几帳のむこうに消えていった。ほどなくして彼女は一抱えほどの素焼（すや）きの蓋（ふた）付きの壺を抱（かか）えて戻ってきた。

「こちらです」

渡された壺の蓋を外し、裏返して床に置く。その上で壺を傾け、慎重に中身を落とす。ばさばさと乾いた音をたてて、くすんだ黄金色と黒の縞模様の昆虫が山盛りになった。

蜜蜂にしては少し大きい。雀蜂かあるいは他の種類のようにも見える。胴体の配色は似た感じだが、乾燥しているので色は鮮やかではない。

瑞蓮は目を皿のようにして蜂をより分けはじめる。ひとつひとつつまみ上げ、左右に分けて置いてゆく。やがて蜂は二つの山になった。山の大きさは三対二ぐらいの比率である。何事かという顔の大姫と女房の前で、瑞蓮は大きいほうの山を指さした。

「こちらは蜂ではありません」

「え？」

「虻です」

種類はいくつかあるが、虻の中には外見が驚くほど蜂に似ているものがある。見間違えるのも致し方ないし、刺された場合でも咬まれた場合でも、傷口を水で洗い流すという基本の処置は変わらない。

しかし服用となれば、これは大問題だ。

「雌の虻は、ボウチュウという名の生薬として使われます」

「ボウ、チュウ?」

「虻に虫と書いて、虻虫と読みます」

ぎこちなく大姫が繰り返した言葉を、瑞蓮は改めて説明する。そのまんまの漢字である。大姫も女房達も、わけがわからぬ顔をしている。さっさと答えを言ったほうが早い。

「虻虫は、主に血瘀の治療に使用されます。女人の場合は催経剤。つまり月水の不順や、あるいはそのものがこないときには来潮を促す目的で使われることが多いです」

瑞蓮の説明に、大姫はあっという顔で口許を抑えた。

「では私の月水が、二年前から正常になったのは……」

「あのように重い月水は、正常とは言えません」

ぴしゃりと瑞蓮は言った。大姫は気圧されたように口をつぐんだ。

不調が長引くと、悲観しながらもそれをあたり前のこととして治癒に無頓着になる者が少なからず存在する。もちろん慣れもあるが、瑞蓮にはそれが、これまで何度も快癒への期待を裏切られてきた患者の、失望による自己防衛のようにも思えるのだ。

それにしても未だ事態が呑みこめないでいる乳母達に比べ、大姫のなんと聡いことか。彼女はすでに瑞蓮の意図を察している。

二年前に半年にも及んだ月経の停止が改善したのは祈禱のおかげではなく、知らぬうちに催経剤である虻虫を摂取して治療を行っていたからだったのだ。もちろん巫覡は蜂と間違えて滋養食のつもりで渡したのだから、そのつもりはなかっただろうが。

そして月経が戻ったあとも、大姫は虻虫を蜂と思いこんで摂取しつづけた。

「月水が正常になった者が催経剤を過剰に使うと、とうぜん出血が多くなる。それはいわゆる血虚の状態を招きます。大姫様のいまの症状は、虻虫の過剰摂取によるものとお見受けします」

補血の治療が効かないわけだ。血を補う片っ端から催経剤を使っていたのだから、それこそ穴の開いた桶に水を注いでいたようなものだったのだ。

今度は乳母と女房も合点がいったようだった。

「では、姫様の出血は？」

「蛇虫服用により出血傾向にあるところに、補血の強い治療が加わったために血が増えた結果かと思われます」

丹波医官からもらった薬の影響もあったのかもしれない。補血と血の巡りをよくする血瘀の治療効果をも持つ薬だった。

先日、再診した女嬬を思いだす。

ひょっとしたら彼女も、蜂と思って蛇虫を摂取していたのかもしれない。血瘀の彼女には、それが良い方向に働いた。しかも手に入らないという理由で数日で摂取をやめたことも幸いだった。

「そうか、流産ではなかったのだな」

今度はほっとしたように大姫は言った。先ほどは失望した口調で似たことを言った。それは、やはり自分は妊娠ができぬ身体なのかという思いからきたもの。

しかし今回はせっかくできた子供が失われたわけでなかったという安堵からの発言だった。同じ状況に対してくるくると思いが変わるのは、明かされる真相の影響もあるが、それだけ神経過敏になっているからとも言える。

だからこそ、いまは言うまいと瑞蓮は思った。

黙して語らずにいること――それは蛇虫のもうひとつの効用だった。

「おい、どうなっているのだ！」

御簾と廂を隔(へだ)てた簀子のほうから、帥の宮の声がした。

「あ、忘れてた」

瑞蓮は短く声をあげた。

処置をするさいに帥の宮を追い出し、そのときに落ちついたら呼ぶからと約束していたことをきれいに忘れていた。こっちのほうも大姫に負けず劣らず動揺しており、近くにいられるのが邪魔(じゃま)だったからだ。そもそもいくら夫とはいえ女性の下の処置に同席されるなど、仮に大姫がよいと言ったとしても瑞蓮が嫌(いや)だ。

しかし他の殿舎の御座所(ござしょ)などには行かず、律儀(りちぎ)に簀子で待っているなど可愛気(かわいげ)がある。

女房に伝えて、帥の宮を中に入れる。落ちついたふうに横になる妻の姿に、彼は胸を撫(な)でおろしていた。そんな夫のふるまいに、一見むすっとしているような大姫だったが、実はひそかに口許を緩(ゆる)ませていることに瑞蓮は気づいていた。

大姫は若干不安気に問うた。

「それで、私はこれからはどうすればよいのか？」

「まずは虻虫の服用をやめてください。そして補血の治療をつづけます。それで様子を見ましょう。おそらく改善してくると思います」

静かに瑞蓮は答えた。

隠していることなどなにひとつない、とでもいうような澄ました表情で。

結　本日は立坊の儀也

「それで九条の姫様は良くなられたのか」

丹波医官は、安堵と感心の入り交った口ぶりで言った。

施薬院の詰所には、瑞蓮と樹雨が同席していた。九条邸からの帰りに丹波医官を訪ねると、ちょうど樹雨がいたのだ。帥の宮の治療の件で、丹波医官に意見を求めに来たのだという。朱宮には見向きもしない典薬寮の医官も、さすがに帥の宮の治療の相談には乗るだろうに。

「帥の宮様が、丹波医官への相談をお望みなので」

樹雨は苦笑交じりに言った。お人よしの彼も、さすがにここで上官達の顔を立てようとは考えないようだ。朱宮に対するひどい対応は、やはり腹に据えかねているのだろう。まあ基本が善良な人間なので、上官達との関係もそのうちうまく咀嚼するだろうけれど。いまの樹雨からは、それだけのたくましさが感じられる。

大姫の状態を問われた瑞蓮は、待っていましたとばかりに首肯する。

「おかげさまで。原因はやはり蛀虫だったようです」

蛀虫の服用をやめると、これまでと同じ補血の治療が嘘のように効いた。

手足の冷えや眩暈などの不調が改善し、顔色は十八歳の若い女人にふさわしい艶々したものとなった。

「例の巫覡のところには、この間、検非違使が立ち入ったらしいぞ」

「関白家がかかわっていますからね。いかにそのつもりがなかったとはいえ、厳罰は免れないでしょう」

　近所で働いている丹波医官は、立ち入り時の詳細を人伝に聞いていたようだった。祈禱だけなら害にはならぬが、人が口にする物をそれだけいい加減に扱ったのなら、罰せられるのはやむを得ない。もしかしたら瑞蓮の知らぬところで、虻虫摂取による悲惨な事故が起きていたかもしれなかった。

「しかし怖い話だな。若い人妻が、それと知らずに堕胎薬にもなる物を服用していただなんて」

　肩をすくめつつ丹波医官は言った。

　それこそが瑞蓮が、大姫に黙して語らずにいたことだった。

　催経剤である虻虫は、実は堕胎薬としても用いられる。

　あのとき、それを伝えれば大姫はふたたび混乱に陥っていただろう。処置を済ませた出血はもちろんだが、これまでも知らぬうちに流産を招いていたのではないかと疑心暗鬼になる。

　多少過多であれ、月経が定期的に起こっていたのだから妊娠していた可能性はまずない。そもそもひどい血虚であった大姫は、極端に妊娠しにくい身体だった。まして夫である帥の宮までもが腎虚だったのだから、これまでこの夫婦に子ができなかったことは医師の目からすればしごくとうぜんのことだった。

十中八九妊娠をしていなかったのだから、堕胎薬としては機能しなかった。

その不幸中の幸いを、下手に勘繰らせる必要はない。もし伝えなければならなかったとしても、それはあのときではなかった。

まして今日のような晴れの日になど、論外である。

「宮様は今頃、御剣を拝受なされている頃か?」

心持ち北側に視線をむけながら丹波医官が言った。

樹雨が首を傾げ、からかうように言った。

「どうでしょうね。立坊式の手順など、しがない医官には分かりません」

「ちがいない」

丹波医官は声をあげて笑った。

本日、卯月二十二日。御所では立太子の礼が行われていた。

丹波医官が言った御剣とは、東宮が授けられる壺切御剣のことである。儀式を経て、帥の宮は東宮に。大姫をはじめ他の妻達も東宮妃となる。男子誕生の期待と重圧は、ますます彼女達にのしかかることだろう。

ふと瑞蓮は、今上（きんじょう）の妃（きさき）である梨壺女御（なしつぼのにょうご）のことを思った。彼女、ないしはもう一人の妃・王女御（おうのにょうご）が男子に恵まれていれば、今日の立坊式はなかったかもしれない。同じ御所内で行われている儀式を、二人の妃達はどんな思いで受け止めているのだろうか。

子はあくまでも授（さず）かり物で、恵まれなかったからといってそれは罪ではない。だというのに周りから責められ、自（みずか）らを責めつづける女人達のことを考えるとやるせない。

彼女達と同じ辛（つら）さを、帥の宮の妃達も経験するのかもしれない。

あるいはまた身籠（みごも）ったゆえの、別の辛さもある。桐壺御息所（きりつぼのみやすどころ）しかり、先日診察をした女孺（にょうじゅ）のように、産後の体調不良に悩まされる者もいる。そもそも個人差はあれど懐妊中はつわりに悩まされ、出産そのものが命懸けだ。

天意に対して医術がどこまで立ちむかえるのか、瑞蓮には分からない。

けれど以前に樹雨が言ったように、逃げない気持ちだけは保（たも）たねばならない。

それを維持するために必要なものはいくつかあるが、なによりも医師としての自信が根幹となってくる。そのために必要なものは、尽きぬ向学心である。

「安殿」

丹波医官は思いだしたように呼びかけた。

瑞蓮が無言のまま顔をむけると、丹波医官は少年のように向学心に満ちた眸で、脇に置いていた巻子本を広げて指さした。

「ここの解釈なのだが、そなたはどう思う」

〈了〉

本書は、書き下ろし作品です。

著者紹介
小田菜摘（おだ　なつみ）
埼玉県出身、佐賀県在住。沖原朋美名義で、2003年度ノベル大賞・読者大賞を受賞。
「平安あや解き草紙」「後宮の薬師」「なりゆき斎王の入内」シリーズをはじめ、数々の平安物を執筆している。
その他の作品に、「革命は恋のはじまり」「そして花嫁は恋を知る」などのシリーズや、『掌侍・大江荇子の宮中事件簿』『君が香り、君が聴こえる』『お師匠さまは、天神様』などがある。

ＰＨＰ文芸文庫　後宮の薬師（くすし）(二)
平安なぞとき診療日記

2022年６月22日　第１版第１刷

著者　小田菜摘
発行者　永田貴之
発行所　株式会社ＰＨＰ研究所
東京本部　〒135-8137 江東区豊洲5-6-52
第三制作部　☎03-3520-9620(編集)
普及部　☎03-3520-9630(販売)
京都本部　〒601-8411 京都市南区西九条北ノ内町11
PHP INTERFACE　https://www.php.co.jp/
組版　朝日メディアインターナショナル株式会社
印刷所　株式会社光邦
製本所　株式会社大進堂

ISBN978-4-569-90218-0

PHP文芸文庫

後宮の薬師(くすし)(一)

平安なぞとき診療日記

小田菜摘 著

父から医術を学んだ一人の娘が、薬師として後宮へ。権力闘争に明け暮れる宮廷で起こる怪事件に、果敢に挑む! 平安お仕事ミステリー。

PHP文芸文庫

京都くれなゐ荘奇譚

呪われよと恋は言う

白川紺子 著

女子高生・澪は旅先の京都で邪霊に襲われる。泊まった宿くれなゐ荘近くでも異変が……。「後宮の烏」シリーズの著者による呪術ミステリー。